U0536625

我的批评观

阎晶明 著

中国书籍出版社
China Book Press

图书在版编目（CIP）数据

我的批评观 / 阎晶明著 . -- 北京 : 中国书籍出版社 , 2020.12

ISBN 978-7-5068-8243-9

Ⅰ . ①我… Ⅱ . ①阎… Ⅲ . ①文学评论 Ⅳ . ① I06

中国版本图书馆 CIP 数据核字 (2020) 第 254351 号

我的批评观

阎晶明　著

图书策划　成晓春　崔付建
责任编辑　成晓春
责任印制　孙马飞　马　芝
出版发行　中国书籍出版社
地　　址　北京市丰台区三路居路 97 号（邮编：100073）
电　　话　（010）52257143（总编室）（010）52257140（发行部）
电子邮箱　eo@chinabp.com.cn
经　　销　全国新华书店
印　　刷　阳谷毕升印务有限公司
开　　本　650 毫米 ×940 毫米　1/16
字　　数　200 千字
印　　张　11
版　　次　2021 年 2 月第 1 版　　2021 年 2 月第 1 次印刷
书　　号　ISBN 978-7-5068-8243-9
定　　价　42.00 元

目录

批评特性的批评

如果在纯粹意义上理解文学，我们也许就不会碰到目前所面对的许多文学问题。但是，事实却是，我们只能面对现实讲话。为了解决一些纯文学问题，我们不得不经常澄清许多与文学内部问题相关联的外围性问题。对于文学批评的批评，就这样被划入文学理论的范畴中加以讨论。

人们往往把批评看作是一种结果，一种由分析和描述到最终结论推出的结果。批评作为一种活动过程以及在这一过程中的主要环节上透露出来的批评的特性，似乎还未引起人们足够的重视，本文的努力正在于此。

职业欣赏：批评的起点

在艺术家的行列中，批评家总是一个最受人怀疑，并时而被容纳其中，时而被抛之其外的一种角色。批评家不得不经常进行自我申辩，申明批评不仅是一门科学，它同时也是一门艺术；批评活动的创造性，决定了批评家同时也是艺术家。但是，有一个前提似乎是无可争辩的，批评家必须面对艺术品讲话，对于艺术品来讲，批评家和普通读者一样，是作品的接受者，批评是否兴盛，常常取决于艺术创造的繁荣程度。正是批评活动的这一受动性，使批评家不得不对自己的艺术家称号时刻向人们提醒。

那么，在普通读者与批评家之间，重要的分野是什么呢？我以为，就阅读活动来讲，相对于普通读者对艺术品的业余欣赏与任意选择，批评家对艺术品的阅读常常是出于职业需要所进行的。为了把握文坛的诸种现象，以进行全面、准确的估价，批评家不得不留心与阅读那些并非能唤起他们审美趣味的作品。从他们可以多角度地、全面地观察和对待一部作品——不像一般读者那样只求感官上的满足——来讲，批评家是自由的，他们会对一部艺术品讲出一般读者讲不出的道理来。而从他们出于职业需要关注艺术和阅读作品来讲，他们又是不自由的，他们无法将全身心投入艺术境界中，当他们开始面对作品时，便带有某种理论上的发现欲和一种期盼获得批评冲动的职业心理。他们也经常会对一部作品拍案叫绝，但这种叫好，并不一定是作品的故事情节使他感动，而很可能是该作品所阐发出来的思想内涵正好契合于他正在思考的一种理论。我们很难看到某一批评家曾申明过，在他成为批评家之后，曾为哪部作品感动得掉过眼泪。事实上的确不容易，为作品人物的命运担忧，为人物的不幸遭遇掉泪，往往是那些要么涉世未深、要么对艺术没有做过理性思考的人身上发生的事情。

这就是说，职业欣赏的最大特征是，区别于业余欣赏的纯粹性，批评家对艺术品的欣赏常常受到多方面的干扰，他们很难浸心于艺术境界之中。他们可能在某一时期特别关注某一题材的创作动向，在阅读这一题材的作品时，总是把它纳入同其他作品的比较中，或见其高下，或比其独特性。他们十分留心此作品相对于彼作品，到底提供了哪些独特的内容或思想含量。这样，职业欣赏中的个人感受就变得相当微弱，并且，既然批评是一种对作品的评价，批评家就不得不为了自己结论的客观，而尽量减低个人好恶对自己阅读的影响。约·克·兰塞姆在他的《批评公司》里，将这一点说得很明白，他把许多种对艺术的反应排除在批评之外，其中第一条就是："个人印象，即批评家作为读者对艺术品发表的看法。"[①]他说："如果我们有权这样说的话，文艺批评的第一条准则就是一定要客观，一定要举出客体的性质，而不是客体对主体的效果。""而且，我们必须认为，使用像'动人的''激动人心的''有趣的''可怜的'……以及严格说来包括'美的'等大量词汇，并不是文学批评，这些词所加给客体的特性，实际上是主体身上发现的东西。"[②]因此，对于批评家来讲，他不能像普通读者那样，仅仅出于主观需要来选择与阅读作品，讲求客观的批评，使批评家对待作品的态度与普通读者大相径庭。他们可能在一定时期内和特定环境中，特别关注某一作家的创作动向，他们因此对该作家作品中所提供和透露出的某种新信息、新动向得以敏锐的觉察，这种也许是非常细微的变化对于普通读者来讲，要么毫无察觉，要么无关紧要，但它却也许正好为批评家的批评提供了某种契机。一个只阅读过一两篇残雪和马原作品的人，就不会以为梦对残雪有什么痛苦的折磨，也不会意识到马原提供了某种什么特殊的叙述方式。然而，批评家对作家创作的独特性的关注，正为他从事批评寻找到了合适的途径，当他们为确证自

① 约·克·兰塞姆《批评公司》。

② 约·克·兰塞姆《批评公司》。

己的论断重新阅读作品时，其欣赏的职业性就更其强烈了。总之，对梦的特殊效用和出于对叙述方式的关心进行的艺术品阅读，恐怕很难对阅读者的审美满足换得什么报答。艺术品这时对批评家来讲，已经类似于某一理论著作和史迹材料了。

那么，是否任何具有理论素养的人都可以成为批评家呢？或者，是否对于批评家来讲，审美经验是微不足道的条件呢？兰塞姆的另一段话也许有助于我们对这一问题的思索，他怀疑专业哲学家会成为上乘的批评家，因为，这些人的漂亮结论常常“可能是根据别处的结论，根据他们哲学里现存的结论，而不是对具体细节进行敏锐的研究之后得出来的”①。哲学家过于泛化和抽象的结论无助于我们对具体作品的理解和把握。批评家需要有对作品具体细节敏锐觉察的能力，这种觉察能力不是基于他们的理论素养和哲学头脑，而是借助于他们的审美经验得来的。美的艺术是一种永恒的享受，批评的目的，就是要发现和确证永恒的美。为了发现和确证永恒的美，批评家不得不从事沙里淘金的工作，进行一些非审美性的阅读，这也许会使批评家经常感到一种阅读上的疲倦，成为一个职业化的文学阅读者，这是批评中的背反现象。因此，批评家所扮演的角色就是：出于职业需求的美的欣赏者。

对象选择：批评的个别性与代表性

既然批评不是一种任意而为的工作，那么，也就不是任何

① 约·克·兰塞姆《批评公司》。

一部作品都可以进入批评家的视野。批评家在阅读基础上所从事的第一步工作，就是对具体的批评对象的选择与确认，在浩如烟海的文学作品中，批评家只能选择那些他认为具有代表性的个别作品从事批评。批评家对批评对象的选择，在理论上基于这样的原则：这些作品的思想内涵和艺术含蕴，正好契合于批评家本人正在思考并形成见解的某种理论。他通过批评，一方面是以自己的理论观照作品，发现和挖掘出别人无法发现的内涵，同时，对作品既定内涵的挖掘，又使批评家的理论得到确认。弗洛伊德选择《俄狄浦斯王》，是因为这位英雄杀父娶母的情节正好契合于他的"恋母情结"理论，通过对这部作品的剖析，又使他确证了自己理论的有效性，他并且干脆将这种理论称之为"俄狄浦斯情结"。

批评家总是选择那些他认为能说明某种创作现象、反映某种文艺思潮、体现某一理论主张的作品，这样，批评对象便客观上被人们视为必须是具有代表性的作品，尽管也有以下情况，比如，某一作品正好暴露出在批评家看来是具有典型性的缺点，从而刺激他借助该作品从反面阐发自己的理论。但是，在大多数情况下，能被批评家接受，进入批评领域的作品，总是当代文坛上较为优秀的艺术品。它们往往是先锋性的代表作品，它们相对完美或透露出某种已被人预感的新鲜气息。这样，在一个批评较为兴盛的文学时代，作品能否被批评家认可，成为他们品头论足的对象，往往成为作家创作是否成功的某种独特而有效的标志。在仅仅满足读者好奇心，借以消除疲劳的通俗文学与追求艺术形式的纯洁性和独特性、思想内涵的深广度的纯文学之间。一个重要的区分标志，恐怕就在于，前者很难引起批评家的注意，批评家

除了偶尔从总体上对它做出某些论述外，很少对其中的某一作家的某一作品发生兴趣；而后者却相反，一部作品可能在某一特定地域与特定时期内，被批评家反复论证，争论不已，这时，该作品及其创作者就借助批评而名声远扬。

批评就这样变成对作家作品价值判断的标准，尽管有的批评家声称“我批评的就是我”，呼唤批评能被认可为“第十个缪斯”，然而，批评的价值判断作用却是它自身活动程序中注定无法避免的。没有具体对象的批评是不可能的，而选择本身即是一种判断。无论批评家的批评方法和批评结论如何，批评活动都会在客观上加重批评对象的价值砝码。因此，尽管当代批评家把“批评即选择”的理论内涵分为批评理论选择、批评对象选择、批评结论选择三个层次，但其中最为关键和敏感的，是批评对象的选择，所谓“圈子批评”的口号，无非是意识到批评对作家作品价值的影响作用，从而持一种审慎甚至傲慢态度而已。选择，是一种自由的权利，但是，既然自由不意味着为所欲为，批评对象的选择就不能不具有一定的规范、尺度和标准。在这一点上，至关重要的条件，是批评家的自重。

理论工具：批评对艺术的条理化

无论人们如何看待批评与艺术的关系，它是高于艺术的抽象，还是同一于艺术的“第十个缪斯”，有一点恐怕是无法否认的，批评总是企图将丰富的艺术条理化，它总是企图借助理论将朦胧、浑浊的艺术体层次化，这也许正是批评常常受到艺术排斥的主要原因。庖丁解牛时，也许会因其技术的娴熟使解牛过程艺术化，但这种行为本身不能不说是对一个生命整体的肢解。

从文学批评的历史来看，批评至少经历了一次重大转折，这种转折意味着批评的革命。这一转折就是：批评的任务从对文学价值的判断转而成为对文学本文的阐释，他们不再贸然对批评对象的价值做出判断，而努力使用一种中性的语言阐释本文，阐释活动的兴盛，是当代批评寻求新的批评生命的共同途径。当代批评中的这种总体倾向也曾引起一些人的担忧，他们担心阐释与评价之间的不平衡，会丧失批评的作用。不过，事实已说明，当代批评即使如何努力使自己折中、温和，它都无法摆脱自己对批评对象做出价值判断的可能。这其中，一个主要的原因，是当代批评如同传统批评一样，无法摆脱对理论工具的运用。无论是结构主义批评、语言学批评、阐释学批评、精神分析批评、原型批评，这些新的批评方法都是基于本世纪人文科学成果上的。既然这些批评必须建立于某种理论之上，而任何一种理论都无非是对客观事物的把握与规定，批评就不能摆脱对自己批评对象的价值判断，因此，近来有人提出“释义即评价”[①]的主张。这种主张事实上是重新肯定了批评的价值判断作用，或者，彻底地说，是意识到了批评对文学的价值影响作用的无法摆脱，将评价蕴含于阐释之中，而不是独立于分析之外做武断结论，这只是改变了价值判断的途径，它只是评价的深化，而不是评价的消亡。即使批评家努力要使批评成为“美文”，将批评建构于艺术体中，但批评理论工具的运用，即使批评无论如何更主要地属于一种理论，而不是一种完美的独立的艺术，它最多不过是某种“智力游戏。”

① 罗务恒《释义即评价——当代西方文艺批评的功能辨析》，《文艺研究》1987年第6期。

批评与“第十个缪斯”之间的完全同一，对于批评家来讲，仍旧是一种需要呼唤、渴望认可的理想而已。

我深深感到，既然批评无法摆脱理论工具的约束，批评既然必须借助于解剖或阐释批评对象确立自己的生存，那么，对于批评家同时是艺术家的怀疑就无法避免。批评总是处于这样一种背反的境地之中：批评的前提是批评家对于艺术的深刻理解，对艺术有深刻理解的人难道不是艺术家吗？然而，批评在理解艺术的基础上，又试图对浑然一体的艺术条理化，反过来，对于艺术的条理化，不是在牺牲甚至扼杀艺术的新鲜活力吗？

当然，对于任何优秀作家与作品的理论条理，都是一个无休止的过程，莎学发展到今天，对于莎士比亚的最好评价，还是歌德所说过的那句话：“说不尽的莎士比亚。”莎士比亚对批评家的吸引力，来自于人们对他的解释永无终极的时刻。所以，“康德认为他理解柏拉图比柏拉图自己对自己的理解要好一些”，而伽达默尔认为，“过去的本文不可能被理解得更好一些，而只能理解得不同”。[①] 理解，只能是借助于具体历史情境，具体的理论工具来进行，对于艺术的理解和阐释很难达到艺术本身所具有的“永恒的魅力”。当代西方人让哈姆雷特手捧萨特的书讲出“生存还是死亡”，这是他们对哈姆雷特的理解，谁知道后人还会让他手捧哪位哲人的书说出同样一句话？在哈姆雷特与书之间，我们或许也能悟出艺术与批评之间难以完全同一的事实。

我以为，批评总是客观的，相对于艺术创作，更是如此；批评总是理性的，这正好同艺术的追求相反；批评总是历史的，在

---

①《批评的循环》原作者中译本序言。

这一点上，它很难超越或等同于艺术。这当中，批评对理论的依附是一个重要的前提。

然而，评判或阐释艺术的批评，尽管我们指出它无法或很难抛弃对理论工具的依附，因而很难等同于艺术创造，但同时，批评又无法真正借助理论使自身成为一门精密的科学。越优秀的艺术品，越具有包容各种批评见解的能力。像哈姆雷特、阿 Q 这样的艺术形象，之所以成为批评家广泛和长久的批评对象，并非暴露了批评理论的无力，它们正好显示出批评理论的特性。它说明："在批评中，任何想要达到在某些严密科学中可望达到的那种基本一致的希望，是注定要落空的。"[①] 文学批评面对的是艺术创造，艺术创造的高度是不可预测和无法穷尽的，至今，人们恐怕也很难找到一个令所有人满意的判断文学价值的标准。中国古代有言："文无第一，武无第二。"艺术创造的复杂性注定了艺术批评的多样性。因此，"文学批评永远不会成为一门非常精密的科学，甚至不会成为一门近乎精密的科学。"[②]

看来，批评家既不能完全确立自己艺术家的地位，又无法使自己的行当真正成为一门精密的科学。批评，它是徘徊在科学与艺术之间的中间物，它同时是二者，又同时，什么也不是。

指导阅读：批评的目的

以上论述或许迫使我们提出这样的问题：我们要批评来干什么？批评既然不是一门精密的科学，它不能要求人们不去做除他

① 艾布拉姆斯《批评理论的方向》。

② 约·克·兰塞姆《批评公司》。

自己的见解之外的对艺术的理解，它的艺术地位又常常受到人们的怀疑，“我所批评的就是我”，就只能是批评家主体性的自我夸张。批评所扮演的真正角色以及批评的最终目的，到底是什么呢？我以为，他们的职责，就在于纠正和提高广大读者的鉴赏能力。艾略特认为：“批评必须具有明确的目的，笼统说来，就是解说艺术品，纠正读者的鉴赏能力。”[①] 也正是批评的这一目的或职责，使得批评必须尽量克服个人偏好，努力追求客观的效果。“批评家，如果是真正名副其实的话，本来就必须努力克服他个人的偏见与癖好——这是每个人都容易犯的毛病——在和同伴们共同追求正确判断时候，还必须努力使自己的不同点和最大多数人协调一致”[②] 可以这样认为，批评家处于作家与读者之间的中介地位，借批评使二者沟通。

不过，批评家的中介人地位，也常常受到来自各方面的冲击和动摇。

首先，批评家即使努力使自己朝着客观的目标迈进，即使他们真的自觉抛弃个人偏见在批评活动中的影响，他也很难达到真正的客观，他对批评对象的评价很难成为所有读者认可的结论。现代解释学批评的理论，在某种意义上更使批评的权威性受到动摇，在解释学学者看来，“一部艺术作品的意义是永远无法被穷尽的，当一部作品从一种文化或历史背景转到另一种文化或历史背景时，人们可以发现一个作者和当时的读者未曾预料到的新的意义。”[③] 在他们看来，作品的意义“是不断生成的，不断流动的

---

① 艾略特《批评的功能》。
② 艾略特《批评的功能》。
③《真理与方法》译者前言。

过程”[①]。他们将历来被人们看成是阅读中应尽量克服的理解上的差异加以肯定，这或使批评家的主体性增加，但对理解差异的肯定却使批评的权威性受到动摇。人们也许更加相信“接受美学”和“读者反应批评”对批评对象评价的客观性，而把职业批评家的意见仅仅视做一家之言。这样看来，批评家除了发挥自己的主体性，显示自己的独特的审美经验之外，就没有别的什么更重要的职责了。

当然，解释学批评的理论并不能减低批评家的重要性；人们已经意识到，解释学在注重和承认多种理解的正当性时，忽视了审美经验中的价值标准问题。我们当然不能要求人们对一部艺术品只做一种理解，但在不同的理解与解释中，仍然具有一个优劣与高低的问题。把韩少功理解成“寻根文学”的代表作家，总比把他理解成是周立波的弟子要深刻一些，如果我们把“晋军崛起”仅仅视为是“山药蛋派”从封闭走向开放的结果，就远远不能揭示新一代作家在文化心理上的更新。因此，优秀批评家对艺术理解的代表性是无法取代的。既然批评家拥有较为成熟的审美经验和运用熟练的理论素养，他们对艺术的理解就无疑在价值标准上高出一般读者的水平。

然而，阻碍批评成为读者鉴赏的阅读指导的，正是批评理论的运用。艾略特认为：“对于缺乏训练的读者来讲，它（批评——作者加注）所运用的常常是一种可望而不可即的技术性术语。它拒绝任何意识上的共鸣，似乎那就是真正科学方法的障碍。”[②]当代中国批评，在它短短的十年历程中，也曾遇到这样的窘境。前

①《真理与方法》译者前言。

② 艾略特《批评的功能》。

两年，信息论、系统论、控制论以至“耗散结构”“熵定律”等理论大量引入，一时成为中国批评家所热衷追求的批评方法与理论工具。一些循环往复的图表代替了平实的叙述语言，在批评企图借助新的理论方法寻找出路时，批评语言的可读性的降低，却成了读者接受过程中的主要障碍。批评文风的纯正化与艺术化又重新成为人们呼唤的对象。设想，一个对结构主义、神话——原型理论没有接触和把握的人，恐怕很难对结构主义批评或原型批评产生“意识的共鸣”。批评因此就起不到如艾略特所声称的那种指导和提高读者鉴赏能力的作用。但是，批评难道为了与读者接近，放弃自己手中的理论武器吗？或者，为了结论的客观公正，批评难道必须去自觉消除主体意识，使自己成为刻板、平庸的代名词吗？这显然是不可能的。如何解决这一矛盾，恐怕现在还没有，也很难找出一个恰如其分的答案。不过，也许它同许多艺术问题一样，是不需要什么确定答案的，批评活动的过程，就是批评自身与作者、读者、作品之间不断调节的过程。

自食其果的批评

也许，以上所有的论述都只是为了这样一个感叹：批评是一种非常艰难的职业。批评是对艺术的理解，而它自身又多么需要得到理解。且不说批评总是徘徊于科学与艺术之间无所适从，也不说它夹在作者与读者的中间地带需要谨小慎微，就批评职业的特性来说，它常常遭到人们——其中就包括被批评过的艺术家和被指导过的读者——的种种误解。即使在今天这个批评较为兴盛的时代，我们仍然可以透过批评所经历的漫长历程，感受到这一点。据说，在古希腊文中，“批评”一词的原意即是“判断”，我们无缘到各种古文字中去为批评“寻根”，不过，我偶尔在几本英文词典中发现，在“批评家（Critic）”的词条下，不外乎两种释义：1. 文学艺术等的批评家，评论家；2. 非难者，爱挑剔的人。这种词意组合难道仅仅是一种偶然的巧合吗？无论如何，它使我联想到了批评家的命运。人们也许早已熟知了一些文学大师对文学批评的蔑视，把批评家比喻为牛背上的蚊蝇，在批评努力理解、评价和解释文学的过程中，它自身却遭到种种误解。当代批评放弃对文学艺术的贸然评价，努力以本文阐释取代价值判断，除了其理论背景外，恐怕也正是当代批评家努力寻找批评的出路，纠正批评名誉的尝试途径。是的，批评的革新与自救，最主要的，还要得力于批评自身的努力。或许，沿着阐释批评的道路，批评将走向艺术的殿堂，以“第十个缪斯”的身份，同其他艺术和平共处。总之，批评正面对着一个美好的未来。

（原载《批评家》）

批评的难点

批评面临的难点当然不止一个，但其中最主要并最难回答的是：我们究竟需要怎样的批评？换言之，批评将向何处去？难点并不在于这样的问题无法回答，无人回答，而是我们看到了太多的答案，这太多的答案对于廓清问题起到了深化的作用，又同时，使我们更加不得要领。

当代批评界有过目标明确、口径一致的时期，批评最先摆脱社会——政治功利的制约，抛弃“捧”与“杀”的工具论影响；进而，批评又向文学讨债，要求加入艺术家的行列。不同的批评者以大致相同的途径和方式为此努力：“我批评的就是我”“借别人的火点自己的烟”，以及呼唤批评成为“美文”，等等，都使批评逐渐挣脱附庸于文学的地位，使自身融入艺术体当中，与其他艺术和平共处，成为缪斯家族中的第十个成员。

然而，当批评整体上争得了独立的地位，进入自觉调整自身的境界后，批评界内部的理论分歧、队伍分化，便开始突出地表现出来。

当前的批评界，明显地分化为两大阵营：一方是人本批评的实践者，另一方是文本批评的倡导者。两者在各个方面的差别可以说是泾渭分明。其一，从年龄层次上，人本批评的实践者大多是最先冒出来的中年批评家（甚或个别中年作家），而文本批评的倡导者，主要是近年来新起的青年学子。其二，前者所从事的批评，往往是主体论批评，所研究和关注的，是作品的人物、作家的心态，是精神、理想以及社会责任；后者则倡导本体论批评，他们或直接译介西方理论，或试图建立自己的批评体系，文体批评、语言学批评、结构主义批评，等等。其三，由于专注于主体性批评，加之年龄、地位等因素的影响，人本批评者强调经典著作的权威参照作用，强调作家主体对作品的主观影响，因此，他们强调艺术家的良知，强调作家的社会责任感，在体察与分析作品人物性格与作家心态时，着重于考察他们与其所处的社会气氛、时代精神的远近联系，并以此来对作家与作品做出价值判断；而后者，则无视传统的权威，执意呼唤自己所期望的理想的文学形态。他们出于对艺术本体特征的兴趣与关心，将批评的目光专注于先锋派作家的创作，他们不问这些作品与现实生活，尤其是大众生活有什么联系，而只关心它们是否并在多大程度上提供了足以使其能用自己的理论武器加以观照的艺术氛围与形式技巧。最后，前者坚守“文学是人学”的传统公理，把塑造人物及人物的典型化特征当作评判作品价值的标准；后者则注重状态，注重氛围，注重建构这种状态和氛围的语言形式。在主体论者看来，文学依然是人情的流露，作家情感的真切、真挚是支撑作品的气血与骨髓；而本体论者，则宁愿去欣赏作家编织故事、设计情节的大脑智慧以及显现这一切的语言能力和叙述方式。

导致这种分离的原因很多，其中许多必须从批评以外的背景去加以说明，这并非本文之意。然而，这种理论分歧和队伍分化的现状，却使另外一个问题在批评界变得显要起来，那就是，我们要批评干什么？换言之，批评的功能何在？很明显，对于这样的问题，分歧仍然有两点：批评是对作家作品的价值评判还是对文本的阐释、分析。人本批评者更多地把批评的职能定为前者，因此，他们对时下纯文学创作冷漠、疏远现实生活的现状持明显的否定态度，对普通读者的“读不懂”现象报以同情和不平。他们可能留恋往日文坛的轰动景象，甚觉今日文坛的孤寂气氛。而后者，那些年轻的文本批评者们，则对先锋派作家的艺术探索更多地持肯定态度，或者，冷静、客观地以阐释文本的姿态出现，以其批评对象的审慎选择显示他们的审美偏向，试图从理论主张和判评实践上，转换批评的职能、变评价为释义。

有人说，我们的批评进入了一个分析的时代，批评不再承担法官的角色与职责，批评者已深知作品意义的不稳定性，知道任何结论都会被未来的结论更新或者否定。于是，他们宁愿放弃评价，专注于文本阐释。与此相关，客观主义的批评态度，相对主义的批评方式，科学主义的批评文风，一时盛行起来，批评亦同文学创作一样，失却了往日的轰动效应。在当代中国，人们已经形成了某种心理惯性，总是自觉不自觉地相信，凡是后起的理论，势必是某种更新的东西，它的出现最主要地意味着，以往的一切已成传统并将被取而代之。于是，当阐释批评的风气开始盛行，批评语言愈来愈趋于中性化的时候，往日那些并不愿纠缠于文本世界，而是借别人的作品做自己的精神漫游的批评者们，以及那些并无意去阐释而更愿做出价值评判的批评者们，突然变得恍惚不定，吞吞吐吐起来。他们依然希望自己能像往日一样，依靠思辨的深邃和结论的大胆真率迎得广泛注目，保持自己在批评领域的先锋作用。然而，他们却并非是阐释的好手，或者说，他们根本就不愿从事必须耐心又要客观的文本阐释。于是，他们感到某种寂寞，他们似乎在观望，不愿轻易发表意见。在这样的恍惚之中，他们只好吟味一点“冥想与独自”，以继续磨炼和保持自己思辨的锐力。

我们是否果真不需要价值评判了？是否我们的批评者以及读者已经完全接受了阐释、分析的批评，并认可其为批评的正宗？并非如此。我们的读者，包括不少圈子内的文学家们，仍然需要并期待刺激，富于刺激性的片面批评仍然拥有它们广泛的市场。所以，我们的批评就陷入这样一种窘境当中：在科学主义与相对主义刚刚抬头的时候，“骂”派批评重新开始出现。尽管我们从理论上普遍承认，简单的价值评判是批评的大忌，然而，事实证明，依然是那些观点偏激，有时是故意加重语气的批评更能引人注目。同样的批评《三寸金莲》，有人借对《三寸金莲》的剖析观照整个“挖根”小说，并以“小说形式的论文”为角度，指出类似作品的致命弱点，而有人则干脆以《失败的文本》为名，对《三寸金莲》做了全面否定，并且，火力集中，专批《三寸金莲》的诸多缺陷与失误，绝不言它。文无定法，不能断然评价彼此高低。不过，二者的社会效果（或称为“轰动效应”）却反差甚显，后者直率地将《三寸金莲》喻为又臭又长的裹脚带，加之创作者本人引火烧身，连呼痛快。于是，一时轰动，直至被到处转载，进入新闻媒介。前者在这一点上，则不可与之同日而语。或许，对于《三寸金莲》的作者来说，更加心平气和的阐释较之后者更为客观，更具有启发价值，并具有更大程度的普遍意义。但只因后者“骂”得痛快，便将读者与作者的视线全部吸引过去

了。真诚的人本批评，自觉的文本批评以及稍带故意的“骂”派批评，似乎在维持着当代批评的平衡局面。在它们争取各自的合法地位时，总有某处贬斥并试图取消对方的行为，在确立自身的价值时，总对对方存在的合理性提出怀疑。

自然，所谓批评的难点，并非只是不同批评阵营之间的纷争，就某一批评阵营内部来讲，他们自己仍然面临许多急待解决的矛盾。理论上的自立当然十分重要，但最主要的，还是批评理论与批评实践的自觉结合。当代中国批评理论与批评实践的脱节已非一日。就目前看来，理论批评眼花缭乱，众说纷纭，渐趋科学化和理论化，而实践批评，则依然处于作品思想内容与艺术形式的一般性描述与评价上，批评语言和评述方式确有较大更新，但真正自觉地、严格地按某种理论切入本文加以分析与阐释的，却寥若晨星。形形色色的形式主义批评理论在真正进入批评实践时，便显得十分微弱，并未成为批评者运用自如的理论武器。理论上的论述与接受并不困难，难点在于理论与实践的碰撞和结合。有些批评者一方面对个别先锋派作家的创作赞不绝口，誉其为当代中国唯一懂小说真谛的作家，一方面又在理论上建立自己的诸如“文学语言学”体系。然而，他们在赞赏先锋派作家的创作时，没有自觉按照自己的理论原则并将其纳入其中加以观照，仍然使用较为简单的价值评判法则，另一方面，在他们建构自己的理论体系时，又很少以自己所钟爱的作品为典范，而是情愿借西方名著映证自己的理论。理论体系深奥、庞大，具体批评又缺少独特、成熟和固定的理论视角，这种批评上的自我脱节甚至背反，也同样是摆在不少批评家面前的难点。

人本批评与文本批评的对峙，主体论与本体论的相左，阐释与判断的矛盾，批评理论与批评实践的脱节，是摆在批评者们面前的共同难点，批评在它的摸索与实践的过程中，将会不断消除这些难点。不过，应当指出的是，难点的消除并不意味着批评将随之进入一个绝对纯清的世界，而只能使批评领域在不断开拓的同时变得更为繁复。批评不会自动走进“大一统”的狭笼之中，而只能越来越学得乖巧、变得宽容大度，让更多的批评理论和平共处，共同走向成熟。

（原载《文学自由谈》）

作者意图与本文阐释

文学批评的历史，事实上是一个不断消融差异和扩大差异的历史。它总是试图在阅读和理解作品的基础上寻找作品的客观意义，确定其固有的含义，指导阅读者理解作品的不变内涵，但同时，这种对确定性的追寻又建立在各种分歧意见的基础之上。批评活动就是对作品意义不断探寻的过程。但是，对批评对象确定意义的寻找，只是一个理想而已，迄今为止，批评家们不但无法寻找到一个普遍适用的批评方法，使之对批评对象做出能让所有人接受的解释和评价，它甚至把许多我们过去自以为毫无疑问的文学问题也搞得模棱两可，含混不清了。

当代西方批评一些重要学派对于作者、作品以及本文的论述就使我们陷入这样一种无所适从的窘境当中。

我想，在接触当代批评理论之前，恐怕极少有人会怀疑作品与它的创作者之间不可分割的必然联系。“言为心声”“文学是人学”，这些近似公理一般的文学理论，使我们在对作品批评时，必然会把作者的传记材料、作者的创作意图、作者对该作品的自我解释作为评论作品时的重要依据。我们总是在寻找它们之间或大或小、或显或隐的必然联系，按作者为我们提供的各种背景材料，寻找他们之间的吻合点。即使我们发现它们之间的悖谬也不会否认它们之间的必然联系，而只是从另一方面加以解释罢了。

在这一点上，十九世纪传统的解释理论也置信不疑。狄尔泰认为，“本文即是其作者的意图与思想的表达；解释者必须把自己置入作者的视界中去，这样才能复活其创造行为。”[①] 对本文解释的正确程度，以接近作者的意图距离为标准，在此基础上，批评对批评对象价值的判断和评价功能没有受到实质性的损伤。

但是，当罗兰·巴特讲出：“作者死了”的惊人之语时，作者与本文之间的“父子关系”就被无情地割断了，彻底地说，是将作者对作品的父权和所有权剥夺了。

当代批评的这一近乎武断的批评理论，意味着并且事实上也的确带来了文学批评的重大转折。在此之前的整个文学批评史，事实上只是对作品及作者价值评判的历史，批评因此而与艺术之间形成抵牾，批评家与作家之间，以及批评家互相之间常常因许多笔墨官司耗费精力。批评本身也因此成为许多作家甚至是读者怀疑和抵触的对象。当一个批评家对一部作品提出建立于自己理论基础的价值评判结论后，常常遭到作品创作者的反对意见。人们往往把这一失误归咎于批评家，因为，在大多数人心目中——甚至包括批评家自己——作品既然出自它的作者之手，作者对自己作品意义的解释往往具有无可怀疑的权威性。批评家的职责就在于如何使自己对作品意义的解释同一于作者自己的结论。即使人们明显地看到这一过程中无法避免的差异，他们也总是试图努力克服这种差异，他们相信自己完成了对作品全部意义的解释；

---

①《批评的循环》。

或者，即使他们自知后人可能会推翻自己的结论，但他们总相信这个最终完美、确定的意义解释是存在的。批评总是努力在寻找一个普遍适用的理论工具，运用它来对作品做出让所有人接受和认可的结论。他们期待发明这一真理的人物早日出现，以使他们可以摆脱它与作者之间纠纷的困境，使自己的批评能让所有读者无条件接受。

使批评家摆脱困境的理论家终于在二十世纪出现了，他就是当代解释学批评的代表人物伽达默尔。但是，伽达默尔寻找到的，不是使批评家们克服差异的理论工具，而是从根本上肯定了差异存在的合理性。在伽达默尔看来，对于本文，即使是过去的本文（比如柏拉图哲学）它不可能被我们理解得更好一些，而只是与前人或别人理解得不同而已。伽达默尔的这一论断在肯定差异的同时，就否认了权威存在的可能。作者对自己创作意图的说明，就很难成为人们解释作品意义时的准则，它也只不过是多种解释当中的其中之一罢了。英美新批评主义的基本宣言《意图之谬见》（W. 小威姆塞特和 M. 比埃德利斯合著），否定了“把作者意图当成了建立文学本文之含义的尺度”这一批评理论，认为作者意图“在判断文艺作品成功与否时是既不合用，又不需要的标准”。[①]此外，英美“新批评”以及伽达默尔的阐释学批评，这些持有被赫齐称为“语义自律论”理论的批评家，大都认为，“文学应独立于作者个人思想与感情的主观领域之外”，而且，“所有书面语言都不受这个主观领域的制约”。[②]

将作者意图排斥于文学批评的参照系之外，无疑是对艺术作

①《批评的循环》。

②《批评的循环》。

品独立意义的肯定和强化，推导出这一理论，并非批评家头脑的一时发热，也绝非单纯是为了寻找一个避免与作家发生误会的途径，它的背后，有深厚的哲学理论为其背景。首先，本文理论切断本文与作者之间的必然联系，表面上似乎是减少了作品意义的复杂性，以及解释这些意义的多种途径，将艺术品框定于一个狭窄的空间内。然而，本文理论中对本文含义的阐述，却使我们感受到这些批评家们对艺术创造的深邃理解。在罗兰·巴特和伽达默尔眼中，尽管认识和论述的渠道不一，他们却都对艺术创造的特性给予了深刻的理解和论述。他们的本文理论的共同之处，就在于他们不是将本文看作是一个固定不变的实体，而视其为“是一种运动、一种活动，一种生产和转换过程”。巴特认为，本文是一片“能指（意义）的天地”。在巴特看来，“一则本文便犹如一张音乐总谱般的能指播散图，即从有限可见的一些能指出发，根据这种交叉指陟关系向无尽的能指海洋一层层播散的过程。”[1]巴特抛弃了我们以往教科书中那些类似于“新鲜活力”“生命力”之类的形容词，运用科学的语言，论述了艺术作品的流动性。更为精辟的是，巴特提出了“复数本文”[2]的观点；在他看来，本文不是单数的，而是复数的，并且，复数本文不是单数的排列组合，它并不是指一则本文可以有几种不同解释，而是从根本上否定了确定的存在。巴特的这一见地近乎于“格式塔理论”，整体大于部分之和。否定本文确定意义的存在（哪怕这些确定的意义可以做不同解释），就在于他把本文视为是一个不断活动，转换的运动体。罗兰·巴特从一个结构主义者转变为解构主义者，使

①《罗兰·巴特的本文理论》，《文学评论》1987 年第 6 期。
②《罗兰·巴特的本文理论》，《文学评论》1987 年第 6 期。

他突破了前者把艺术品视为一个封闭自足的结构体系的看法，无论如何，我认为，这是对艺术创造独特性以及艺术魅力永久性的肯定。

伽达默尔的解释学理论从另一途径达到了这一认识，当他将本文的占有权和解释权从作者手中夺回来，将本文视为“自主的真实”时，同时规定了本文的“生成转换力”以及“生成扩充能力。”他以绘画艺术为例，认为绘画的独特的内涵就在于它是一种对“原型的流射（这五个字下面分别加上圆点）”，而“流射的本质就在于：所流射出来的东西是一种剩余物。因此，进行流射的事物就不会是贫乏的”，“如果原始的一，通过从其中流出多而没有显得贫乏，那么，这就意味着，存在变得丰富了”。[①]杰出的艺术的正是具备了这种寓多于一的丰富性（寓多于一的丰富，是艺术的丰富而不是驳杂）。伽达默尔同时意识到了本文的“生成转换力”，一则本文的意义，随着历史和文化背景的不同，其意义也在不断转换，而人的认识（包括审美）受着自身处所的文化与历史背景的制约，所以，一部艺术品的意义是无法穷尽的，人们对其意义的解释都只能是相对正确的，在各种理解和解释的差异中，很难区分谁对谁错。文化和历史背景不同，人们的解释就会出现明显的差异，古希腊悲剧《俄狄浦斯王》在几千年之后，被弗洛伊德赋予了“恋母情结”的解释，这恐怕是索福克勒斯无法想象的。很明显，伽达默尔同巴特一样，把作品的意义视为是一个不断生成，不断流动的过程。

尽管人们可以以相对主义或怀疑主义为由，指责伽达默尔，

---

①《批评的循环》。

尽管他的理论在某种程度上确实使人们失去了寻找作品确定意义和价值标准的信心，但当代本文理论的出现，无疑是整个批评史乃至文学史上的革命。以往的人们不但相信艺术品具有确定不变的意义，并且把这些意义的解释权完全归于作者手中，作品反倒成了一种附庸，而且，这一长期以来形成的认识，使得批评家似乎永远处于作家之下，似乎批评的唯一职责就是努力使自己的解释接近作者的创作意图。试想，如果我们不从根本上改变对作品与作者之间关系的认识，不从根本上重新规定本文的意义，批评想要成为“第十个缪斯”的理想，就只能是一个虚幻的口号而已。

当代批评中的本文理论，带来了阅读的解放。从传统意义上看，如果说批评家的解释总是处在作者意图的有明之下的话，读者阅读就更是一个被动接受的过程了。而伽达默尔却明确指出，“文学所隶属的唯一前提条件就是其语言上的流传物以及由阅读而来的实现。”“不涉及接受者，文学的概念根本就不存在。”[①] 作品意义之获得，必须依靠读者的阅读来实现和延续，而作品意义的丰富性与流动性，文化、历史背景的变化，又使阅读者的理解与解释存在多种差异的可能性。批评的目的，不是无视和消除这种差异，而是正视与肯定这种差异。由此，当代西方发出一个新的批评流派：接受美学与读者反应批评。读者阅读不是被动的接受，而是主动的参与。当然，巴特和伽达默尔并不能使我们进入一个完全自由的批评世界当中，无论如何，对于艺术品的价值判断将依然成为批评的主要功能之一。即使在阐释批评家那里，绝对客观的本文释义是不存在的，理解先于释义，而理解本身就带

① 《批评的循环》。

有评价。在各种或大或小的理解与释义的差异当中，仍然存在有高下和优劣之分，有一千个人就在一千个哈姆雷特，但不能说这一千个哈姆雷特都处于一个相同层次上。鲁迅说过，对于《红楼梦》一书，道学家看到的是宣淫，才子们看到的是缠绵，革命者看到的是排满。这当中的价值高度，并非完全无法衡量。但是，巴特和伽达默尔理论给整个批评界和读者界带来的新的生机，却是更加值得我们指出和尊重的。我以为，我们的文学阅读以至文学批评，长期以来总是处于一种被动接受和被动反应的境地中，我们尤其看重作者的创作宣言与创作意图，把他们的个人创作意图作为评价作品的重要标尺。就比如“寻根文学”，这是由部分作家自己打出来的旗号，且不说这一宣言中的偏激态度（如对五四新文化运动的怀疑和否定），在这些自称为“寻根派”作家的不同声明中，其差异也是甚为明显的。然而，不少批评者却笼而统之地将其视为一个相互完全同一的整体，这种态度对于作品意义的阐释及其具体作品的评价，并不具备多少积极有效的作用。据说，剑桥批评家理查兹曾经做过一次试验，将一些除去标题和作者名字的诗交给本科生评论，结果，“他们的判断简直是五花八门，久受尊重的诗人价值大跌，无名之辈却受到赞扬”[①]。尽管这种试验所得出的，是一个非常复杂，可做多种理解的结果。但是，它至少证明，如若除去我们先入为主的态度，抛却作者的负累，我们的审美活动以及我们对作品价值的判断就可能完全是另外一回事。

我们曾经多次呼吁批评的自觉与解放，我们试图以批评语言的

① 伊格尔顿《二十世纪文学理论》。

艺术化、技巧化以及批评理论的慎重选择作为这一目的实现的前提条件。但是，巴特和伽达默尔的本文理论却启示我们，最重要的变革仍然是文学观的变革。具体地说，改变我们对作者、作品、批评家、读者之间关系的固有认识，是批评家实现自我飞跃的首要条件。

作者死了吗？没有。尊重作者意见就如同尊重释义差异一样重要。但是，如果作者意图仍然成为批评中的权威释义存在，批评就会永远被置放于艺术殿堂的门外，充当一个喋喋不休而又无所适从的可怜角色。

当然，如同本文理论承认和肯定释义差异的合理性一样，我们的批评界同样应当肯定、承认和容纳与之相异甚至对立的批评理论，共同促成文学批评的繁荣局面。

（原载《山西文学》）

批评：全史眼光与哲学背景

在读者范围渐小，社会轰动效应大大减弱，群体朝拜难以复始的今天，从文学低谷中打捞作家作品，使其或长或短地惹人眼目的主要工具，落在了批评的肩上，这是现当代中国批评从未有过的殊荣。但是，从根本意义上看，批评远未能完全以一种独立的姿态跻身于缪斯群中，它的根深蒂固的依附性还犹有所见，虽然它远不再是文学的奴婢，但由于它的荣衰兴败还大大取决于文学潮流的潮涨潮落。所以，它至少是与文学保持着“连体婴儿”的关系。我们可以盛赞批评的自觉，但自觉之后通过行为实现独立自足，还有一个漫长的过程。与西方批评比照，我以为当代中国批评需要树立两个要义：一、全史眼光；二、哲学背景。

十年批评的发展，令人眼花缭乱，但有一点似乎始终未能改变，这就是对文学潮流的不断追逐。其根据在于，它总是以一种适合批评对象需求的角度和方式进入批评活动，并随波逐流，在更新的潮流冲来之时，不惜丢弃以往的对象，掉转枪口，匆匆上阵。这一过程中，批评逐渐和文学潮流形成互相制约的趋势。但从总体上看，文学潮流的自发演变往往操纵了批评的自觉转换。批评家从根底里，始终把批评对象当作一种既成的、合乎规律的产品，它总是小心翼翼地迎着批评对象最为闪光的角度接近它，这当然就容易被对方所迷惑，不能周全。回头来看，十多年来，我们的批评对各种文学潮流及其现象所采取的角度和方法是多么整齐划一。对伤痕文学，用的是历史批判；对改革文学，用的是现实针砭；对寻根文学，用的是文化人类学；对现代派文学，用的是个性主义；对实验文学，用的是语言文体理论；对时下的先锋文学，用的是生命哲学。理论根据往往按批评对象故意提供的那一面来选择。所以，尽管事实上这些文学现象在当前意义和未来价值上肯定存在差异，但在批评家那里，把当时的结论总合起来看，所给予的高度是大体一致的。几乎每一种现象都“划时代”，并同时期待更新的潮流不断涌来。按照作品本身最为突出的侧面打开缺口，当然是批评的主要方法之一，但为什么不能从它所缺少的那一面打开呢？如果用语言文体理论评论改革文学，用现实针砭态度看取实验小说，用历史批判眼光评说先锋文学，我们会得出怎样的结论呢？如果这样的发问并非毫无道理，那么，我以为，它会使我们对批评对象得出另外一种非常不同的结论，它将影响这些作家作品的当时声誉，使我们对文学有一种更全面、更深入的认识。批评长期以来的那种单一的阐释方式，正是它对文学依附的一种具体表现。

近年来，批评领域开始松动，但更多的人，是向作家索要更新的观念，更新的语言，更新的叙述方式。表面上这种索求是一种超越，但事实上，却无形中是承认并把“新”的发明权、领先权和使用权交给了作家，变追逐为追赶，以往是批评家追逐作家，气喘吁吁，现在是作家被批评家追赶，大汗淋漓。追到现在，过往的一切皆成过眼烟云，不足取，不足谈，整个中国文坛，仿

佛只剩下几个或十几个初来乍到的“少年先锋”，一大批批评大军享用为数极少的几个先锋作家，各种名目的桂冠加在了这些虽出手不凡，但出手尚且不多的作家们头上，“新写实主义”“第三代小说”，等等，不一而足。对于这些作家来讲，这是一种殊荣还是悲哀？这样做，会使他们的创作更加自觉还是被绑缚手脚？

批评应当是一种充满激情的活动，否则它将背离文学；但批评不是一种狂热的行为，它应保持一种超然的冷静。批评这种融激情与冷静的素质，来自于批评家敏锐的艺术感觉和全史的理论眼光，对于当代中国批评来讲，后一种素质或许更需强化。我们拥有了足够多的印象式的、自娱式的批评，我们更应以全史的眼光来看待过往的、现时的文学现象。

全史的眼光，首先在于对文学发展趋向性的认识和把握，对于文学潮流的发展，尤其是现当代文学的发展，我们无意中接受了一种观念，就是“步步高”，总以为文学的发展必定是一浪高过一浪，一代胜于一代，即使我们感觉到它存在回潮、停滞和平面跃动，但在为文时，却始终把它看成为愈加自觉、愈加成熟、愈加辉煌的过程。于是我们苛求前人，指出其诸多局限，又总是相信、宽容时人，寻找他们的优点。我们当然已经学得比以往要冷静客观的多，比如再不会把曹雪芹和现代革命理论联系到一起，指责他的阶级局限和时代局限，但无形中，这种惯性仍然影响着我们对文学现象的认识和把握。在这一点上，我们的确应当有分析，有选择地借鉴一点西方批评理论，如现代阐释学和神话—原型批评理论。现代阐释学和神话—原型批评的一个共同特征，在于它们的全史的理论眼光。它们把文学的发展演变看成是一种循环的链条，而非哪怕是螺旋式的上升运动，在原型批评那里，文学的发展像大自然一样，依据春（喜剧）、夏（传奇）、秋（悲剧）、冬（讽刺）的规律循环，任何作家都处于这一循环链条的某一环节上，它既能映照出具体作家的历史贡献，也能揭示出它与此前历史的不可分割的必然联系。

现代阐释学对待文学史的发展演变有着与此相近的态度。伽达默尔的“视界融合”说或许更为直接明晰。他首先否决批评活动中的权威释义，把文学文本视为不断流动的生命活体；他不把批评发展看成是相互替代的运动，而视其为扩大差异和消融差异的循环过程；他承认理解和释义的差异，但不愿硬分彼此的高下优劣；他曾形象地宣称，我们今天对柏拉图的理解并不比柏拉图自己对自己的理解更好，而只是理解的不同而已。所谓视界融合，正是要以全史的眼光来对待批评对象，由此便削弱了那种今是昨非的观念。细想起来，我们的批评不正是在这一点上显示出观念的固执和偏狭吗？我们的潮起潮落和过于强烈的新旧替代观念，不正暴露出一种全史眼光的缺乏吗？即使当代西方批评理论存在着诸如客观主义、相对主义的局限，但这种全史的批评眼光，实在值得中国批评汲取。

全史的眼光不仅只是一种对文学史的认识，它还有一个深厚的哲学背景。中国当代批评在印象式的层面上有了长足进步，所缺少者，或许还在哲学观念的匮乏上。十几年来，我们的实践批评较为活跃，但理论批评却始终没有大的进展。从批评理论上，尚不能为世界文学批评提供有价值的东西。这其中，哲学背景的空虚是症结所在。西方当代批评理论的背后，大都有深厚的哲学背景，它们实际上是特定哲学观念和人文思想在文学批评领域内的显现。精神分析批评之于精神分析学说，神话—原型批评之于

文化人类学，现代阐释学之于现象学，语言文体批评之于现代语言学，都有不可分割的必然联系。我们至今未能产生有理有力的独特的文学批评。改变这一局面当然非一日之功，但认识这一点，至少可以使我们感到我们背后的空疏，使我们的批评家在今日有一种危机感，使我们的渴望和追求有一种尽可能明确的目标。当代批评变得较为开阔和聪明了，在批评文风和批评语言上与此前中国批评有了明显区别。越来越多的批评家意识到批评同时是“美文”的重要性和必要性，意识到了批评语言是批评过程中的重要环节。今日批评界，举凡活跃者，在批评文风上的确或大或小地显示出各自独特的一面，这或许是十多年来文学批评的重要收获之一，它使中国批评走上独特之途有了一个别致的起点。但是，到最终，批评还是一个徘徊于艺术与科学之间的中介物，它还会长久地在灵活性与系统性，艺术性与科学性，悟性与知性，感觉与智慧之间往来徘徊，寻找契合点。我以为，当代批评目前最缺乏的是后者，实现的途径，或许正是树立全史的理论眼光和寻求坚实的哲学背景。非此批评无法真正显示它自己的独特性。君不见，时下的不少并不刻意专注批评和沉迷理论的作家，也纷纷以批评家的姿态出现，往往对文学的认识与批评家没有明显的职业区分。有时，得力于他们创作上的成就和更为自由挥洒的语言，反而在许多问题上取代了批评家的声音。这难道不值得当代批评家在庆幸的同时思考自身的位置吗？

（原载《文艺研究》）

批评：综合还是分化

批评是什么？

人们已经提供了许多答案，这几年，光是“批评即什么”的宣言性论断，就提出许多，人们众说纷纭，各自塑造自己的“第十个缪斯”。批评一天更换一套装束，她已没有耐心选择和固定一种色调、一种质地、一种款式了。

批评显然不能这样发展下去。

于是，一种较为稳妥、折中乃至显得公允、冷静的说法出现了，这就是理论的综合与方法的互补。细想起来，假如我们既不能容忍各种理论与方法对批评的无休止的纠缠，又无法也不可能裁决哪些是批评应采取的长久选择，哪些应当剔除出批评之外的话，除了取综合之道，循互补之途外，还有什么更好的途径呢？

然而，理论的纷争难道可以如此轻松地得到缓和吗？所有执意坚持自己的理论与方法的人，难道对综合的优势与互补的方法茫然无知吗？

我的态度很明了，综合与互外对批评来讲，并无多少实际用处。而且，所谓的综合与互补说，其背后还隐藏着论者们对理论与方法的误解。

综合，意即将已然分析过的各种特别现象相互连接，构成一个整体；互补，即在此基础上灵活运用，随心所欲地摘取自己所需要的部分。这样做的前提，是我们在综合之前，必得将各种理论进行深入分析，异中求同，同中寻异。设若没有对各种理论与方法的烂熟于心，何以奢谈互补？在各种理论与方法高密度汇集的今天，就某一具体的批评者来说，他有可能对所有理论方法等量齐观，做系统的吸收与透彻的把握吗？更内在的缘由（如理论兴趣与素养、文学氛围与思维特性等）不必细说，仅就一个人的精力来说，将所有理论或方法烂熟于心，运用自如，又如何可能？当然，综合论者也许有两重用意，一是某一特定批评者对各种批评理论自觉的综合运用，一是各个不同的批评者以各自的理论与方法从事批评，从而在客观上达到综合与互补。这两者的区别是很大的，它涉及批评者进入批评的方式与态度。从综合论者们的论述中我感到，欲求批评者综合各种理论，克服可能发生的片面与局限，从事公允端正的批评，是他们的主要目的，两者相比，他们更重视前者。正是基于此，我以为，尽管这种见解出自于论者的真诚和善意，但它并不能使我们寻找到摆脱批评困境的坦途，相反却可能造成我们无形的心理压力，使我们必得去追赶理论的漩涡，做方法的俘虏，囫囵吞枣地试图占有一切，其结果，将是什么都游离于我们之外。

我们必须承认一个事实，所有的理论自有其局限，所有的方法也同样不是万应灵药。当一种理论或方法逐渐张扬，日益显示其特性的时候，局限也就随之而来。对于日趋纷繁的艺术品类，一种方法必然是有选择地解释其中一部分艺术品，它的功能只能在适合它口味的艺术品上发生效应。具体到某一艺术品当中，某一特定的批评理论并不能将这部作品的意义或所有形式构成剖析尽净，它只能着重于其中一部分意义与成分，因为，任何理论与方法自有其切入作品的特殊角度与方式。弗洛伊德的精神分析学说，用于解释《俄狄浦斯王》与《哈姆雷特》时，显得得心应手，光彩焕发，假若用它来分析、解释荷马史诗或《拉摩的侄儿》，就不那么灵验了。并且，即使对于前者，精神分析学说既不能使我们对《哈姆雷特》的批评达到一劳永逸的效果，也并不意味此前的批评失去其现实的意义。它的出现更重要的，是挑起我们对这些作家作品的阐释兴趣，阐释的方法与所依据的理论，倒可以各不相同。

我们以往谈起局限，总觉得它必然意味着或等同于缺点、错误与疏漏，于是，就去纠正、批判之，似乎自己很清醒、很周全、很客观、很公允，正是这种对局限的过于注重和嫉恶如仇，使我们失去了领悟理论、思想的深邃之处的机会。我们过去对黑格尔哲学就是这样，时时不忘记他的唯心主义局限，这种先入为主的“局限”观恰恰成了我们深入其深邃的理论体系的障碍，使许多熟知的东西变为不知。

综合的方法或许正好与此有关，它们指出各种批评理论与方法的局限，大谈综合的必要性与互补的效果。取其精华、扬长避短，在这种理论看来，去其糟粕，将各种理论方法的精华汇集于一身，必会获得一种最佳的理论与方法。那时，我们便可毫无疏漏、毫无争议地共同使用一种理论与方法从事批评。然而，将各种理论的闪光点集于一身，同时发力时，却未必能照亮你的批评对象。因为，各种理论的用力方向不同，各种方法的光色不同，很可能适得其反，导致“五马分尸”抑或“非驴非马”的结果。在这里，是不能套用整体大于部分之和的“格式塔”理论。

我以为，综合互补论者在仅仅把理论当作批评的武器、把方法视为解剖对象的工具时，忽视了或是忘记了真正的理论与方法也是一种哲学，一种对世界事物的掌握方式，它不能在自己刚刚萌芽走向成熟的途中便自觉地融合于别的理论体系之中；各种理论对艺术本源与艺术创造的认识分歧，也很难相互综合、相互补充，成为一个完美的实体。社会学批评将艺术品视为历史和社会现实的镜子，借作品的具体历史情境与文化氛围确定作品的意义与价值。本文批评则否认艺术品具有固定不变的意义，而把艺术品视为不断流动、转换，不断创造、产生新的意义的本文。很难看出，有什么合适的途径能使他们实现完善的综合与互补。

综合互补论者强调的是取精华、去糟粕，扬长避短，他们强调克服理论的片面与局限，实现各种理论的“胜利会师”，殊不知，局限正与特性共存，片面在某种程度上正是深刻的前提。如果让各种理论共存一体，就必然要纠正片面，克服局限，但这时，理论的锋芒与光彩就同时随着片面的纠正与局限的克服而消失。

为什么我们总是这样穷追不舍、争吵不休？为什么我们又在争吵声中希望实现综合达到互补？我以为，根由就在于，我们总是幻想一种理想的批评理论出现，使得以往的一切或成为历史，或变做分支，均在其涵盖之下；我们总是自觉不自觉地相信，只有一种理论或方法是最合理的，因此始终谋求找到理论与方法的最佳形态，而以昨天与今天的诸多理论作为过渡性的产物。综合互补论，正是企图借现有理论的综合来获得最佳理论形态的出现。这实在是对理论的误解。

面对这种状况，我想到了阐释学中的“视界融合”“效果历史”等理论主张。在我们坚持自己的理论主张的同时，应对历史性及其所带来的局限有一种清醒的认识。我们不必一定以为今天就必是对昨天的否定或超越，对于同样的批评对象，今天的理解就一定高于昨天的理解，在某种程度上，的确只是理解的不同而已。我们认识到这一点之后，就不会自我膨胀，唯我独尊，也不会迷信他人，放弃自己已获得的成果，拜倒在别人脚下。

我们过去总认为，百家争鸣，就是为了获得对所争鸣的问题的一致认识，百家争鸣就是为出现一种全新的理论来代替“百家”之见。现在看来，争鸣并不一定非要争得一个一致的结论，使大家统一认识，握手言欢，不一定要做消除差异的工作。正相反，争鸣的目的应是达到彼此之间的理解和宽容，在争鸣的基础上肯定差异。就我们今天的批评来说，语言学批评、本文批评、形式主义批评的确是更为新鲜的话题，但它们的出现并不意味着社会学批评已成僵化的传统。不，它们的出现只能使社会学批评因此认识到自己功能的特殊性，而更好地发挥这一功能。

文学批评正在日趋分化、深化和专业化，实际情形也使综合互补只能成为一种良好的愿望，而很难成为批评的终极理想。今天的人们已经认识到了这一点。过去，在批评界只有一种方法、一种角度的时候，我们的批评得小心翼翼，生怕与别人在选题上撞车，因为我们清楚，大家彼此的声音大同小异。今天的批评者不再存有这样的顾虑。我们已经意识到，我们各自的批评方法，审美经验以及审美情趣互不相同，对于同一艺术品的阐释、分析和评价就会各不相同，这的确是一个不可小视的进步。

是的，我们不要急于借综合互补的设想去消弭理论、方法、观点的差异。肯定差异的存在比起消弭差异，或许更适合批评的天性，更有利于她保持新鲜、生动的生命活力。

（原载《文艺评论》）

背离文学的批评

近十年来中国文坛的一个变革，就是文学批评已同文学平起平坐，成为一门独立的艺术。对于今天的作家来讲，自身作品价值的一个重要衡量标准，是批评家的倾向性反应，批评家的好恶态度，直接影响评论只是一种社会传闻，许多作家其实并不十分顾及。无论人们从何种角度阐述和概括批评与创作的关系，我认为，中国当代文坛中，批评与文学创作二者，处于一种暧昧、微妙无比的敏感状态中。目睹文坛上的诸种事实，有时会令人想起一个怪诞的比喻：文学作者似乎是一个情窦初开的少女，一切梳妆打扮，是为了得宠于自己心目中的“对象”，这个“对象”，就是他渴望对话的批评家；而虽为数不多，却也不为少数的批评家，也常常钟情于作家与作品，渴望自己的批评能得到创作者热情的回眸。

我不知道我们究竟应在什么意义上理解文学批评才称得上正确、全面，作为一种审美选择判断，批评活动应基于审美感受怕是无疑问的。批评家是否同作家一样也是文学家这同样是一个理论问题，但无论如何，批评家是艺术品的欣赏者、接受者，彻底地说，是读者中的一员。批评家应和广大普通读者一样基于审美的需要，娱乐的需要，陶冶情操的需要阅读作品的。读者阅读作品作出“有趣”“无聊”“生动”“乏味”等感叹性评价后，对该作品的审美即告终止。批评家却常常动则对作品进行评判，直到完成论文才结束这一审美过程。他可以对作品做出不同于一般读者的反应，他依据自己的审美经验和丰富的学识，对作品做出诸如政治的、社会的、文化的分析与评价，从作品中揭示出一般读者未曾感受到，无法把握住的内涵，批评家因此在层次上与一般读者划出了明确界线，进入了艺术家的行列之中，这是批评的骄傲，也许也正是问题所在。

追本溯源过于困难，一个明显的事实是：不少批评家在感叹一种职业的痛苦，即因批评职业的功利而导致的阅读上的被迫感与厌倦。当代文坛期刊林立，书目繁多，为了寻找评论对象，批评家不得不从事“沙里淘金”的工作；出于职业的要求，他们还必须去大量翻阅、掌握各门学科的学术成果，包括自然科学的方法论成果。处于这种境况时，对艺术的阅读就无法轻松、自由，他们阅读文学作品时已经带上了强烈的功利目的，力图从中发现别人忽略不计的内涵。浑然一体的艺术品，在批评者的眼睛里，被肢解为不同结构方式，不同内容层次的单项组合体。沉重的职业要求和强烈的功利目的，使他们即使对自己无法读懂的作品，却常常不能像普通读者一样，弃之于案，不予理睬，总害怕自己挂一漏万，不识泰山，有失批评家的“风度”。

但还不仅仅如此，更为重要的是，即使批评家已经陷入了这样一种“审美疲劳”的困境之中，他们时而或经常在批评文章中显露出审美的批评文字，为数众多的作家依然拿着自己的作品，呈现于在阅读上疲惫不堪的批评家面前，以热切的心情等待他们做出强烈、热情的反应。作家追寻批评，批评在被动选择：被迫反应的同时，又左右着作家的创作。

寻找形成这种繁复现象的原因同样是复杂的。为了论述的方便，我想指出当代文坛的另外一个事实，这个事实是：新时期文学正在走向文体的自觉，文学作品的文本结构和文体特性成为不少批评家的注意对象。有人估测，这可能是以后几年内中国文坛的热门话题，那么，此前我们所注重的是什么呢？无论人们对新时期文学做出怎样的“主潮论”和“无主潮论”，这里所注重的都无非是文学作品的思想内涵。新时期文学经历了十个年头，一条清晰的发展脉络是为众多人士能够接受的，即当代文学先后经历了伤痕文学——反思文学——改革文学——寻根文学和现代派文学这样一条发展线索。不管对这些概念内涵的界定存在多大的分歧，这些概括都不是对文学流派、艺术风格的归纳，而是对不同时期文学作品思想内涵的概括，在这一点上是完全相同的。而且从大多数批评理论文章中，我们可以感到，大多数人把这条线索的发展视为是新时期文学逐渐走向成熟的标志：“伤痕文学”感情真挚却锋芒过露，“反思文学”热切面向未来又缺乏深沉，到了“寻根文学”和现代派文学，似乎具备了立于现实，沉思历史，探索哲理的丰富内涵。文学批评者于是蜂拥而至，从各自不同的角度探索其中的深刻奥秘，并热切期待以此使中国文学走向世界。不少批评家同时引经据典，说明思想深刻、丰富以至观念全新、怪诞对文学繁荣和走向世界的重要作用，“荒诞不经”和“读不懂”被鄙视为纯粹的无知悲叹。但是，过于沉重和复杂的思想内容使文学作品失去了艺术的本体特征，失去了可读性这一最基本的艺术要求，恐怕并非完全不是事实。如同借公式解方程

一样，读者必须依据某些理论术语来阅读文学作品，这不能不是一种不同程度的痛苦。

批评活动之所以得以进行，在很大程度上取决于批评家所掌握的理论武器。近年来，创作界对学术化和知识化的要求愈来愈烈。有人提出，应使作家学者化，文学作品应贯注各种非文学学科的特殊知识。然而，不少类似作家的创作实践却证明，靠一时的索微探幽、考证县志来显示“寻根”的能力，借助某种并非完全把握住的观念意识来强化观念的新鲜，往往使作品失去应有的艺术魅力。这种生硬、浅薄的“学术化”倾向，也许能使批评家找到直接的发泄理论素养的天地，但一般的文学读者却往往对此持一种冷漠的态度。也许正是以上原因所致，我觉得在今天的文坛上，出现了一种较为奇异的现象，面对无以数计的众多文学作品，批评家与读者在审美选择上存在着某种偏差，一些为少数批评家所褒赞的作品，一般读者可能闻之未闻，毫无反响，而某些读者所喜读的作品，却可能是批评家们不屑一顾，冷漠视之的。

批评家往往具有自己自圆自足的考察文学的理论体系，尽管有些批评家尽可能持一种开放的态度，从多角度考察文学创作。但是，当他们面对某一具体作品时，就不能不把它纳入自己的理论体系加以考察。出于职业惯性所带来的发现欲，使他们无法真正沉浸到艺术世界之中。这样，艺术感染力这一艺术的基本要求在批评家那里就变得十分微弱，他们将目光集中于新思想、新观念的发现上面，作品的叙述方式和情节结构不再是批评者的主要论述对象。很明显，有不少批评家是经常容忍了评论对象较低的艺术感染力，热衷于阐发其思想内涵的深刻分他们常常把这些作品与西方现代派文学相比较而加以论述，有意无意地把后者作为固定不变的制高点。前一段时期出现的一些理念性强，感染力差的作品，与这种较为风行的批评风气不无联系。不少已成名或未成名的作家与作者，忽略了生活本身，借助某些简单、怪诞的情节阐发一种自以为深刻的思想观念，暴露出他们内心的浮躁情绪和浅薄、做作的观念意识。也许事实并没有如此严重和普遍，但一些文学现象却足以说明这种倾向的真实存在。由于作家创作时这种注重观念之新的心理，使他们很少顾及普通读者的阅读心理和审美趣味。我觉得，有一部分作家往往把普遍读者的观念层次置于较低位置，有意无意地认为，引起读者轰动的作品，是创作吻合了旧观念、俗文化的结果。他们只相信至少是更多相信少数批评家的眼光。读者的口头传闻没有实质性作用，显示作品价值的重要标志，是自己的作品能否被批评家接受，进入批评领域。作家借助批评家的“鱼竿”，从茫茫的文学之海中“打捞”自己的作品，而一部分批评家则在从事一种默认了的恩赐式批评。当批评家在这种心态下从事批评时，我们很难认为，它们是基于审美判断进行批评，它们是一种缺乏科学性与准确性的、背离文学的批评。

当文学批评与文学创作一起成为一门艺术后，读者包括许多批评家呼唤批评文体的变革，使批评成为一种美文。但是，批评文体的艺术化不仅是一个论述方式的问题，首先和重要的是，你所评论的对象是否是美文？或者说，在你从事批评时，是否从“美”的角度考察和对待评论对象？

当然，我并不认为批评家为保持艺术感受的新鲜度，将自己降到仅仅是娱乐和消遣的层次。批评家作为文学家，同样不只是对理论体系建设的追求。事实上，批评家因功利目的所带来的感

受力的迟钝，是一个很难排除的二律背反现象。但是，问题在于他是否具有摆脱这种困境的正视态度？批评家既是文学家，又是读者，但是，他绝不是“卖瓜的王婆”。如果批评家自动脱离读者的位置，对评论对象一味叫好，失去一般读者的信赖，文学批评就会失去它自身所具有的作用和分量。

当新时期文学进入第二个春天的时候，对文学本体特征的探索逐渐成为批评家的注意对象和热门话题，在经历了思想内涵、观念意识的单纯追求后，文学创作已经开始了它的自我调整。人们已经在一个更加深刻的意义上理解“有意味的形式”这一艺术命题。在这一点上，文学批评家具有义不容辞的职责，文学批评必须回到文学自身。

（原载《当代文坛报》）

批评的真义

韩石山先生“于无声处”发出满含焦虑的呐喊，在山西批评界这“一潭死水”里激起了一阵“涟漪”。我觉得可怕的不是他把批评的现状恨斥为“一条死狗”，真正可怕的是他同他的文章一同复归寂寞，如入无人之境，使他同每一个个中人体验到更大的凄凉。正因此，尽管连往日浅薄的思索也日益淡漠，我依然愿意就韩石山先生文章的论点做出一点反应，以在批评之外多少显示一下批评的存在方式：对话。

韩石山先生在文章开头表示出他对批评“情有独钟”，我相信这是他的真言。他把批评和评论加以严格区分，并表示对前者（批评）充满好感，因为后者（评论）会让人产生平庸之感，而“批评”一词更含鲜活的意味，这也足见他的批评观了然于心、毫无避讳，我的思考正因此而生发。

我也喜欢“批评”胜过“评论”，不过喜欢的原因却与韩先生略有不同。我觉得“批评”一词背后，蕴含着丰富的哲学背景和艺术背景，“批评”是对文学艺术超然而视的一种连接科学与艺术的智慧链条，批评的职责并不只是对一个或一群、一部或一堆艺术品的优劣评价、无论这种评价是公允还是偏颇。批评在其

发展过程中已经达到自足自娱的境界，对批评的批评，同样是批评家所热衷的事业。当代世界极具盛名的大批评家，大都是智慧型的思想家。批评在他们，如同艺术对艺术家一样，是人生的疆场，灵魂的归宿。我以为批评要想真正不被视为文学的附庸，其途径并不是转换“评论”的腔调，放开论战的胆子，专意要好处说坏，金中拣石。如果那样，说到底批评在广义上还是文学的附庸，因为你的存在本身就是附庸的结果，附庸的方式并不是最重要的。

就实际情形来说，批评界，尤其是我们所处的批评界，充满了韩先生所愤恨的乏味的说教和无聊的吹捧。就此而言，韩文可谓直指痛处，一针见血。不过这病症被看穿已非一日，也并非只有内中人才有感触，为何却脓包不化、“艳若桃花”呢？真正的症结在于，批评家们，还要加上为数成群结队的文学家们对批评的片面认识甚或无知。批评家不知道批评应是他与世界对话的方式，而总把批评之外的“文学现象”看作赏心悦目的景观。文学家们也不知批评乃是批评家的事业，而是把别人的“评论”视为自己事业的一部分。以为好话说多即是成功，评论文字多了就是对自己的价值确证。如此循环往复，批评永远也不会跳出吹捧的窠臼，逃脱附庸的位置。作家应当知道，一旦自己的作品问行于世，他就不再是自己作品的最高释义者，作品的意义不再会为他一个人所把握，而成为艺术世界中流变不定的产物。同样一部作品，历史环境、文化背景的差异会造成释义上的巨大差别。对作家来讲，只有创作的过程属于他自己，作品一旦完成，他本人也仅只是它的众多读者中的一员。也许正是基于这种看法，我对韩石山先生替作家发出的“栏杆拍遍，无人会”的寂寞之感并无多少同情。批评也许会疏漏一些真正有价值的艺术家和艺术品，但批评却并不因此就可被视为是替作家从“文学海底”“打捞”作品的工具。批评不应带上“甜蜜”的诱饵（哪怕这诱饵里含有毒刺），批评家如果把自己视为替别人风行于世做“奉献”的角色，那就失去了批评的真义。

当今，释义批评已成为占主导地位的批评方式，托多洛夫在《批评的批评》中认为，“阐释性行为”已变得相当普遍。一部作品（真正的艺术品）蕴含的意义比其本身要大得多，但它们仿佛以一种原始状态存在着，为作者本人所不知。批评就是要以一种专门化的，近乎科学的手段把它们描述出来，当然，这种描述会延续不断，没有止境。批评正在这一点上显示出它独特的价值。

也因为这一点，我想到了批评需要“论战”，批评家要“打硬仗”的问题，这是韩文的中心所在。文学史上确有许多动人的例子可以说明，一个批评家要想引人注目，就需要为文“凶猛”“犀利”，正如韩文所提到的成仿吾、苏雪林、龙应台，等等。这种风格和批评方法对我们确实有启发，不过，如果仅只为了在“论战中确立其他位”而去论战，这多少含有一点批评之外的功利观。批评家不应当在骨鲠在喉的时刻缩手缩脚，不过也未必要专意为了一场“恶战”而“挑起事端”。韩石山先生提到他曾参与过的关于《永不回归的姑母》的论战。不过我倒觉得，他在批评上成功的例证，还要数他对蒋子龙、贾平凹的小说所做的评论文章。事实上，在理论出发点上，这都是两篇释义性很强的文章，既非吹捧，也非责难。以蒋子龙和贾平凹在其时的声誉，功利点说，他们未必因有无一二篇评论文字而增色或降格，但作为批评家的韩石山却不能没有这样的文章。因为他事实上在“借

别人的火点自己的烟”。说到底，行为和主张是有差异的，连萨特也是如此，作为文学家他是很极端的，但作为批评家他却以追求客观著称。

我在此要特别声明的是，我们大家都应深刻体验和真正理解韩石山先生的良苦用心。“恨铁不成钢”是每一个有责任感的人都会有的感情，也正是这种责任感使然，韩石山先生不得不以激烈的方式来刺激大家，造成了我上述中的主张与行为的差异。山西批评现状令韩先生及他所代表的许多人失望，话再刻薄也不过分。

我们应以自我努力的方式，使我们能拥有真正的批评。至于实现这一目标的途径，倒可认真地讨论。论战的确需要，因为它可以锻炼一个人的敏锐性、鲜活性和承受力。但“死狗”既已不能“狂吠”，唯一的办法是为之贯注生气。但即使“复活”，也不能互相“乱咬”，更不能为什么人“看家”。

批评绝非说教和吹捧，批评也不只是挑战和应战，批评应是一种释义，说强硬一点，批评应当是一种解剖。解剖的前提不是“置人于死地”，因为我们解剖的对象是文本。无论如何，我们的用意是一致的：期待出现真正的批评，即使这其中并没有我们的身影。

（原载《山西日报》）

批评：重新定位之后

凡关注当今文坛的人都不难发现，精英批评与先锋文学这两个在八十年代中期呼应甚合的主流，在如今已经进入了自言其说的独自时代。文学现象，即使是在文坛热炒一时的作家作品，在批评家那里都被当作背景材料处理，文学现象被批评家当作一种人文景观描述，它们往往被众多的同类项合并而失去其独立自足的地位。批评家的眼光从文学扩展到文化，文学自身成为批评家视野扩展后的现象之一，有时甚至不是中心现象而被评说。兴盛一时的理论对话至今依旧洋洋洒洒，滔滔不绝。而这些论说，往往集中在两个方面，一方面是对知识分子命运的热切关注，对人文精神失落的担忧和对世俗文化潮流的批判；另一方面则是以后现代主义理论为前提，客观地，有时是乐观地看取整个当代文化潮流走向。前者以上海一批学院派青年学者为代表。王晓明、陈思和等对人文精神的重振和知识分子命运的不无焦虑的关切使他们无法把具体的文学现象当作自己理论批评的唯一对象。而且他们对一些商业走红的文学热点的批判，主要基于他们对人文精神中终极关怀的不遗余力的论说密切相关。

与上海学者相对应，在北京，热衷于“后现代”理论阐扬的一批青年学者，则显得更加玄虚也较为乐观。他们一方面对西方“后现代”理论核心津津乐道，同时又把当代中国纷繁复杂的人文现象、包括世俗文化现象尽收眼底，借“后现代”理论进行热情描述。他们同样不把眼光停留在文学，尤其是以“先锋文学”为重心的纯文学上。在这些学者的笔下，当代文化景观，特别是都市文化、影视、时装、卡拉OK、通俗歌曲，等等，都与文学作品等量齐观，并列存在。面对这样一种新的局面，我首先想到的，是文学与批评分流之后形成的独自以及这种独自所造成的文学批评阐释功能的巨大真空。

文学批评自“五四”以来，在中国的命运可谓历经折磨。八十年代以后，文学与批评的契合达到了史无前例的密切。文学批评家努力进入文学世界的核心地带，不但争取自己解释作品的权威作用，甚至要求在文学内部确立自己的独特地位。借助精神分析学说和当代心理学理论，为数众多的批评家企图走人作家们的心灵世界，在一种与作家的精神相通或者暗合中实现批评与文学的相依。之后不久，索绪尔、乔姆斯基等新奇的语言学说，结构主义、解构主义乃至阐释学的大量介入，中国批评家又纷纷从人本主义的热流转向文本主义的冷静。于是，无论是生吞活剥还是借题发挥，批评家面向文本的操作方式，使得他们从与文学家“关系暧昧”的复杂境况中脱身出来。事实上，至少在当代中国，文本主义的宣扬和确立，使批评家第一次找到了自己独立行事的可能。但无论如何，这时候，文学本身无疑还是批评家们最重要的，甚至是唯一的使命。对于一种文学潮流和一时的文学现象的分析，对于特定作家和具体作品的阐释批评，是批评的主流。

时过境迁，展读近来报刊上依然活跃的批评家们的文章，相信有不少专事文学的人会有程度不同的不适应感。理论家们纷纷转向。一种立足于整个社会的文化批评取代了文学批评旧有的功能。以往，从事批评的人们总是借助一两种自己热衷的批评理论企图打通一堵墙。而今，似乎所有的墙壁都被打通。文学已被裸露在整个人文景观的天地之中。文学夹杂在“精神狂舞”的群体之中，它的透明度和中心地位在批评家那里正经历着前所未有的松动。它被雀起喧嚣的世俗文化所淹没，身影暗淡。也许是大众文化的嘈杂中批评家们的理论观念自觉做了调整，总之，当文学在大众面前失去耀眼光泽之时，它在批评家笔下也不再特别受宠。在有关“后现代”理论的阐扬中，理论家们把一些还称得上轰动的文学现象与《渴望》这样的通俗剧，崔健那样的城市摇滚，经过包装之后流行音乐，甚至包括充斥街头的时装、卡拉 OK 等等并存一体，这或许已成为一个让人不得不接受的事实。在某些作品被冠之以“后现代”的“殊荣”之时，事实上同时也失却了它们的神圣性、神秘性。在关于人文精神、终极关怀、知识分子命运、使命的讨论中。大众文化同文学一样占有一席之地，无论论者的价值砝码倾向于哪一方，文学都不再被作为唯一代表“出庭作证”。

偏离论题说一点，我观察到这些以“对话”方式进行的理论“独白”中，南北双方的价值取向各不相同，有时甚至是相左的。面对同样一种文学现象或者文化现象，由于理论出发点的不同，对他们的评价也就各执一词。王晓明等一批学者对《废都》、对王朔等作家作品的批判，是基于对知识分子神圣性及其当代命运的关注而产生的。在他们眼里，这些文学现象之所以成为热点，不过是消解崇高之后的一种“媚俗”。而在“后现代”理论的鼓

吹者那里，这些作家作品却成为“后现代”理论在中国成立的现实依托。世纪末的情结是陈腐的还是必然的，价值失落之后的调侃是亵渎的还是与时代精神暗合的，成为两种理论的分水岭。不同的理论出发点自然造成评判上的严重分歧。

如果局限到文学批评这一点上看，我认为无论如何，批评的功能因为这种对文化批评的热衷而发生了根本变化。它们产生了一些共同的文化效应。其一，批评的阐释功能被冷却，具体作家作品的分析和阐释不但不受批评家重视，而且也不为读者关心。批评家也不再企图用理论去规范文学，文学同时变得更加放任自流，大家各说各的，互不搭界。其二，由于具体作品的阐释已变得可有可无，再加上“赏赐”味道的日益浓厚，文学家也似乎没有耐心去捉取具体切近的评说，而满足于被裹挟到一种群体描述之中。总之，批评仍然不会被当作一种理解和精神共振，而是同取悦式批评一样成为一种获取“荣誉”的途径。其三，转向社会和文化之后的理论批评又影响着文学的走向。由于缺少批评的跟踪与规约，先锋文学已经不再“小心实验”，从而在独白的道路上孤独行进，“义无反顾”。同时，为了混迹于大众文化潮流中获取或一方面的好处，文学中通过色情、暴力以及调侃等手段达到轰动的行为也畅通无阻。批评已经失控，难以把握。

满带激情的批判似乎是幼稚的代名词，对于文学批评的这种现实局面，我们与其说是一种失落，不如说成“重新定位”更加稳妥。在西方，批评总是同哲学相依为命，可以这样说，一种新哲学理论的诞生，往往会附生出一种新的批评理论。语言学批评，阐释学批评，精神分析批评，现象学批评，解构主义批评，莫不如此。现代中国似乎没有独立的哲学，批评无所归依，视野打开之后，批评又不愿依附于文学俯首称臣。但变革中的中国有众多文化现象招人耳目，这些现象又伴随着知识分子命运的严重错位愈演愈烈。所以，关注于文化批评为文学批评家找到了披挂上阵的可能。“后现代”理论家们热情寻找社会文化中的理论依托，人文精神的呐喊者则关注世俗文化背后潜伏的危机。“后现代”理论家认为知识分子的“边缘性”是大势所趋。人文精神的关注者则为终极关怀的普遍失却倍感焦虑，努力固守阵地。

无论如何，批评依旧是一种介于科学与艺术之间摇摆不定的中间物，批评，是一种不断寻找操作手段的具体可为的学问或者说艺术。近读罗兰·巴特、蒂博代、托多洛夫、赫施，我以为中国时下的批评界仍然处于无所归依的飘浮中，“技术性”的探讨鲜见，规范性的论述少有，扩大功能之后的理论自然使认识性大大提高，而可操作性却依然很小。到最后，还得借助洋人的理论，再来一次甚至更多次生吞活剥的“革命”。

犹如弃儿般的批评，什么时候才能回到那个“不需要多大”的“家”？

（原载《山西日报》）

独白时代的批评

在今日中国，一种虚化的文化氛围正愈演愈烈，它无视观者的态度，以自己独有的方式成为当今中国文化环境中并不多见的热点，掀起了一个人们无法抹去、难以忽略的高潮。一群往日以文学批评为主业的文化人，在自我设定的论题内，喋喋不休地出现在日益庞杂的报章杂志当中，引来许多观者的好奇。这种文化氛围显示出强劲的冲击力，把精英文化与世俗文化巧妙合理地融汇在一个话题之内，包容了世纪末的中国几乎所有的寥落与繁荣、困惑与信心，成为当今文化界一份独有的景观。

也许没有任何一个时期像今天这样，年轻的人文知识分子对当前文化环境的描述出现如此之大的分歧，这种分歧并不是理论阐释的差异，而是接受与抵触、乐观与悲愤的泾渭分明的对峙。人们面对和关心的焦点事实上是同一的，然而他们的描述和态度却大相径庭，这种明显的对峙，就是关于“后现代主义”的理论叙述和有关“重振人文精神”的探讨。我们从中看到了许多情绪化的内容，然而这是两种难以沟通的情绪，或许比起他们具体的结论还要惹人关注。

似乎很少有人把“后现代”理论的鼓吹与“重振人文精神”

的惊呼当作同一事件来看待。然而作为充当着当前中国文化话语先锋，统摄着当代中国纷繁庞杂的文化现象的这两种话题，在许多层面上具有相当的同构性。一个最基本的相同点在于，他们都把先锋文化与世俗文化作为一整体纳入自己的视野，由于理论出发点的不同，他们的描述又显示出极大的差异。

“后现代”理论家是一种乐观积极的姿态，他们把世俗文化中的种种现象，作为精英文化与大众文化相融合的象征来看待，通俗影视剧、卡拉OK、时装表演、摇滚音乐，等等，在这些理论家们的眼中，成为当代文化繁荣向前的象征。他们同样把知识分子的当代命运切入自己的话题，在此论题上，他们以放弃知识分子社会位置“中心”论为理论前提，消解着人们一段时期以来的困惑与哀怨，他们以自己乐观的姿态几乎充当着“走向边缘”的先锋形象。你不能不承认，它至少在一定范围内消解了一些文化人的困惑，在得到这样的理论安慰之后，在无奈失落的哀怨转化为“走向边缘”的响亮语词后，不少文化人又重新回到重操旧业的路途上，捡拾起打翻了的墨水瓶。

然而，另一只眼睛同样在关注着这些话题，这就是“重振人文精神”的惊呼声。这当中夹杂着困惑、失落和难以抑制的义愤。一副萧条的文化景观出现在这些论者的著述中，对于被“后现代”理论家热情描述过的大众文化现象，他们以不屑一顾的态度表示自己的抵触与无奈。对于人文知识分子从社会中心位置失落表示出少有的义愤。回到中心，承担起“启蒙者”的职责成为他们的渴望和向往目标。这种理论开初时还是就事论事式的，演化到今天，它已经变成了一种面对全部文化景观的批判。

有趣的是，两种论说并不发生直接的碰撞，我们所见出的差

异和对峙，只是作为观者从中感悟到的结果。这些理论家们自说自话，在无视观者态度的同时，也并不直接把对方引入自己的话语之中。因此，与其把他们看成一种潜对话、潜争鸣，不如看作是一个独自时代到来的征兆更具全局意义。

由于以上谈及的理论家们大都是以文学批评为主业的青年学子，我们很自然会由此联想到文学乃至于文学批评的现实境遇。由于大多数批评家已经将视野从文学批评扩展到了文化批评，这些仍然被不少人视为先锋批评的论说已经不是仅仅面对文学的批评。暂时放开二者的具体论说，我们看到当前中国的先锋文学与先锋批评出现了相互游离、各自演绎的局面。这是一个被人们视为“杂语时代”到来的历史时刻，同时也可视为是一个独自时代悄悄降临的征兆。无论是先锋作家还是先锋批评家，大家各行其是，自说自话，相互的影响和制约比起几年前要小得多。文学，乃至于批评，在被放逐中狂欢起舞。

由于文学批评影响与制约的日益减少，先锋文学已经从小心翼翼的实验走向漫无节制的自我表演；文学批评家在扩大视野之后，文学本身，即使是先锋文学已不再是他们唯一关注的焦点。文学被融合到包括大众文化现象在内的“大文化”范畴内得到关照。许多在文坛上称为“重大事件”的文学现象，在这些批评家的论说中，常常只作为背景材料或现象之一为其论说“出庭作证”。这种扩大了的，甚至有点虚化了的批评视野，或许可以被视为是文学批评迈上了摆脱紧随文学亦步亦趋的历史窘境，实现批评的独立自觉的路途。至少，客观上讲，如今的批评家已经不大受文坛的潮涨潮落而影响自身说话的可能。

不过，如果我们把这种扩展了视野的文化批评看作是文学批评的一部分（甚至是左右形势的一部分），那么我们就不能不联想的文学批评的本来功能和操作方式。文学批评自“五四”以来，在中国的命运可谓历经磨难。八十年代以后，文学与批评的契合达到了史无前例的密切。文学批评家努力进入文学世界的核心地带，不但争取自己解释作品的权威作用，甚至要求在文学内部确立自己的独立地位。借助精神分析学说和现代心理学理论，为数众多的批评家企图进入作家们的心灵世界，在一种与作家的精神相通或暗合中实现批评与文学的相依。之后不久，各种各目的形式主义批评理论，尤其是解构主义和阐释学的大量介入，中国批评家又纷纷从人本主义的热流转向文本主义的冷静。批评家们这种面对文本的操作方式，使得他们从与文学家“关系暧昧”的复杂境况中脱身出来。事实上，至少在当代中国，文本主义的宣扬和确立，使批评家第一次找到了自己独立行事的可能。但无论如何，文学本身这时还是批评家们最重要的，甚至是唯一的使命。

时过境迁，如今的批评家纷纷转向，把目光更多地投向一些涉及一个国家和民族文化建设的大课题。这种转向为批评家们找到了充分发言和倾诉的可能，补救了因文坛寂寞导致的无言以对的失语危机。与此同时，尽管先锋文学潮头又起，但它在批评家那里，已经失去了往日重心式的地位。由于缺少具体的阐释批评的追踪，先锋文学演绎得更加旁若无人，走向了自我倾诉的极端，无论这些小说被冠之以“新状态”还是别的什么，一个共同的特点，是先锋文学已经从文体实验为主的小心翼翼走向了一种情绪极其浓烈的独白。这是一种背靠文学，甚至是背对文学的面对“全局”的理论关照，是一种或热情难耐，或不吐不快的情绪化倾诉。

事实上，已有不少人注意到了当前的这种局面，得出了“众声喧哗、多音齐鸣”“中心播散、整体破碎”以及“杂语喧哗”的结论。这是就整体关系而言。从个体角度看，这种局面正是发自不同心灵，出自不同情绪的自我独白的结果。

独白，是文学艺术乃至人文科学寥落、沉寂之后必然产生的现象，是社会变异在不同人的身上产生冲击之后发出的难以和谐的鸣响，独白时代里的自我倾诉，是对话因热情丧失而成为不可能之后势必要为人们选择的表达方式。这是时下最合适的同时又是不得已的选择。

由于缺少观者的监督，独白者的独白可以任意发挥，并且反而更具表演性。我在此情愿把它看成一种有趣现象，并对这种无疑深藏着更深内涵的时代特性只从文学批评的视角给予一瞥。而且我执意以为，批评自身依旧是一种介乎科学与艺术之间的中间物，是一种不断寻找操作手段的具体可为的学问或者艺术。时下的中国批评仍然处于无所归依的飘浮之中，扩大功能和视野的批评自然使认识性大大提高，但可操作性依然很小。这或许是一件没有办法的事情，我们只能在顺应潮流中期待和努力。

如果没有更好的事情可做，那就加入独白者的行列吧。众声独白不存在孤独，独白是另一种对话。

（原载《今日先锋》第四辑）

“骂派”批评何以走俏

考虑到文学批评队伍正在萎缩这个事实，批评的任何一种存在形式都可称是一种敬业的表现。无聊吹捧虽“屡禁不止”，也不会受到认真对待；批评理论的晦涩之途已到终点，难以为继；只有“骂派”批评异军突起，成为批评在文坛上得以生存并引人注意的最好方式，这是当下中国批评面临的一个基本事实。二十世纪八十年代中后期，一两家批评刊物打出了“骂派”批评的旗号，人们对这种批评方法，心底里并不十分看重。仙人掌是有花植物，是需要强调才能认知的，“骂派”批评是批评的一种，正属于这种情况。

九十年代却大不相同，“骂派”批评日渐走红，到现在，几乎是最主要的一种批评方式。就好像遍地都在抢种“仙人掌”，“骂派”文章变得十分抢手，成为报纸副刊和批评刊物的“养生之道”，数量虽不能同“捧杀”之作相比，却也见多不怪。“骂”，是批评在“失语”之前的最后绝唱，是否意外地唱出一片新天地，也未可知；“骂”，是批评在“缺席”文坛之前画出的最后一道风景，能否因此使批评自身脱胎换骨、修成正果，难有定论。但“骂派”批评的确根深蒂固地生存下来了，在批评最不景气的时候，“骂”，也许正是她继续维持生命的最后一口“仙气”。

“骂派”批评，不是批评的流派，也没有统一的口号，它是保持批评激情的特殊方式，是批评家在面对无人应答时的一种批评策略。“骂”，是批评的最后一个“撒手锏”吗？

“骂派”批评难以成“派”，因为他们骂别人的同时，也在骂自己，“对骂”是“骂派”批评常见的表现形式。王朔被“骂”，也“骂”人；王蒙被“骂”，也“损”人；面对自己被“骂”，张承志表现出过于强烈的自卫意识。“对骂”，是批评为精神文明建设做出的最新贡献？

“骂派”批评的倡导者开始玩“引火烧身”的游戏，《滇池》召唤对自己“亲人”的诅咒，《大家》想让人痛斥自己的“不大家”处，“骂”，是文学刊物备受冷落之时的最后“卖点”吗？

文坛寥落，只有“骂派”文章值得捡拾，它们被口头传播，引出流言；被小报转摘，造成官司。“模仿”被转述为“抄袭”，质疑被转述为“说不”，“骂”者名声日隆，文坛也因“骂”声鹊起而显示出泡沫式的繁荣。“骂”，这多少有点刻意为之的“茶壶里的风暴”，是文人们有意无意上演的“双簧戏”吗？

“骂派”批评放弃理论。八十年代以来，中国批评建立起来的那点可怜的理论体系也被抛之不用，人一犯急，哪还管用什么词合适“骂派”批评，无需自己的理论建设，更不用半生不熟的“舶来品”。

“骂派”批评只重现象。“小女人散文”骂完了，就找“小男人散文”来骂；“私人生活”值得一骂，“社群文学”也非不值一驳；“王”的调侃是“痞子”作风，“张”的严肃就无“虚假”可言？

“骂派”批评着眼道德。你骂“我”有背景可究，即使“从未谋面”也一样，“以文会友”或者相反，“相骂何必曾相识”；我骂

“你”是为捍卫真理，是非我早已明辨，我正肩负“黑暗的闸门”，怎么你总感觉在“光明的地方”？写“痞子”的就是痞子一个；敢问《废都》作者，想要废谁？“私人小说”，敢让你女儿读吗？最值得怀疑的，正是被骂者的人品与道德。这也是批评的一种？

“骂派”批评不谈艺术。无论小说还是诗歌，这些主要的艺术产品，都不大能成为被关注的对象，除非它们留下道德批判的把柄。作家群中兴起了随笔热，诗人弃诗从文，小说家的随笔成为一大景观。正是这些文章的观点或其中的片言只语，成为被骂的对象。刘心武、王蒙的小说时有问世，但他们在文坛上被人关注的“焦点”，却是在“访谈”中、在随笔中的这样那样的一些说法，一句话招致千字骂，是“骂派”批评立论行文的最大特征。

现在，还有谁提一句“新三论”，那是可笑的；还有谁追踪文体，那是腐朽的；还有谁奢谈原型理论、阐释批评、结构主义，那是以有知换无知的行为。可这些，曾经是怎样热销于我们的批评界啊。某些“骂派”文章，虽然不无关乎“天下”的义愤，却难掩心底的笑意。“骂”甚至无需武器，关键是你能否发现“骂点”，发现之后又敢骂到何种程度。

《红楼梦》里有十几种笑，当下文坛上，却是“骂”态繁多，不可尽数。如果中国文学能从“骂”中走向繁荣和成熟，如果中国批评能从“骂”中走出“失语”困境，并因之贯注生气，那么，就为这朵怪异的花再施肥浇水吧。至于“骂”中的真伪，是真情难耐还是虚张声势，是为艺术负责而“骂”还是想从“骂”中捞取俗名，是真知与谬见的较量还是没有底气的恫吓，只有靠留意此道者自己判断了。

（原载《长城》）

批评：大众化的可能

《佛山文艺》这样一本很畅销的刊物，从今年起开设了一个专让批评家说话的栏目，给这本充满趣味的刊物，增添了一道特别的风景线。作为读者，也作为一个从事批评工作的人，很担心这样的栏目在这本刊物里存在的合理性。文学批评向来只是圈子里的事，《佛山文艺》的热心读者们，会有几人特别关心这样一个讲“经”说“道”的栏目呢？宽容如中国的普通读者，面对一本内容丰富多彩的杂志，未必会因为这个小小栏目而失去对刊物的本来兴趣，但他们轻轻翻过这两三个页码，忽略不读，也实在是情理中的事情，我们不能要求读者一定要“爱屋及乌”。我说这样的话，是因为至今还没有见到有哪位批评家，曾经流露出要让文学批评走向市场、形成畅销的雄心。我们是甘认寂寞的。我们不但把这种寂寞当成是合理的事情，有时简直就认为这是一种职业素质乃至职业道德的要求，这就引出了一个也许可以讨论一下的问题：文学批评，有无大众化的可能？

每一个行业都有对职员的职业要求，商店里就开展过“微笑服务”的竞赛活动，文学批评家的形象，就应当是一副“冷面孔”，我们大家有意无意都习惯了这样一种职业面貌。我认识的中国批评家，无论天南地北，大都很有生活趣味，谈话也常常明白易懂，容易沟通，值得交流。可一读文章，说实在的，连朋友之间也很少能达到谈话中的那种交流程度。不少参加过学术会议的朋友都有一种感慨，如今的学术会议，大家都少有谈话的激情，所谓“失语”，这也是一个例证吧。我们的书面职业和世俗生活，形成了很大的距离，大家都认了。实际上，文学批评究竟有多少种写法，并非是一个不能讨论的问题。在当下中国文坛，这个问题尤其值得讨论。

我曾经在研读中国现代文学时，翻读过“五四”时期的文学刊物，《小说月报》《创造》等在当时有很大影响的刊物中，不乏文学理论和评论的位置，除了西方文艺理论的介绍外，对当时文学现象和文学作品的评论也常见其中。现在想来，那是一些和“五四”文学一样，充满真情和热血的文字。《小说月报》刊有相当多的读者来信，大家不用什么专业的名词术语，只谈读过作品以后的一己感受，与作家、与编辑、与小说人物共悲喜，一种文学的共鸣和交流充满其中，成为我们今天理解“五四”精神和时代潮流的一面很好的镜子。这些文字是不是也可算做文学批评的一种呢？文学要想成为大众的事，作家和编辑就首先应当把读者也当成其中的一员，而不是板着面孔说话，满嘴“好肚有图”的夹生语言。《佛山文艺》畅销而不流俗的一个重要原因，也许正是它盛情邀请读者的参与，让他们读过自己的刊物以后，也有热情和信心提笔表达自己的感受，使这块文学阵地不是几个人画地为牢的小圈子，而是一个值得大家共同关心的精神家园。我们常见的文学刊物，还没有这样一种敏感的意识和亲切的面容。商品卖不出去，与店员的职业态度大有关系，文学景气不景气，文学刊物读者多不多，与从业者的态度同样有内在的联系。

当下的中国批评，有几种倾向比较突出，理论探讨继续走学术的路子，从未有面向大众的打算，这是可以理解的。不是每种行业都得全民关心，在西方，读不懂的批评著作多的是，美国耶鲁大学的“四人帮”就是典型的代表。在作品评论领域，“捧杀”式评论充斥报刊，同时也有一些刊物正在倡导“骂派”批评，其目的就是想扭转这种局面，但不管是“捧”是“骂”，没人读照样没人读，都是圈子里的事，与大众无关。浅显的、没有学术“品位”的文字，都不会成为文学批评的一种，被认真看待。我们的批评家厌恶从西方搬来的陌生词语，害怕看到不着边际的体系，但轮到自己做文章，仍然难以做到明明白白，还要跳到自己并不满意的窠臼中。转来转去，没有多少改进，十年以前的问题，今天仍然存在，甚至更加严重。结果是，自己的体系没有建立起来，原本应有的一点点“真”，也失去了。在西方，文学批评大致被分为以下几种：“自发的批评”，即没有理论准备但有阅读感受的人发言的批评；“大师的批评”，即作家、艺术家的批评文字，充满热情和悟性，也许偏激且难显周密，但艺术创造的甘苦尽显其中；“职业的批评”，即大学教授、职业研究者的批评，理论体系的追求仍是目标和方法之一，不免为人“误读”和读不懂，却能为批评理论的发展提供思想的资源和体系的依托。在当代中国，现在的情形是，“自发的批评”少有说话的可能，作家的“学者化”和教授的缺少严肃性，使我们看一个到处是“夹生饭”的批评局面，作家的批评文字一样有理论的“冷面孔”，教授的批评文章未见得更加周密严谨，职业界线没有清晰的划分。

就当下来说，我以为首先应当提倡一种由读者参与的“自发批评”，使文学及文学批评成为更多读者关心的事情。而且职业批评家也可以写作这样的文字，让批评呈现出一副亲切的面孔，共同营造一个热烈的文学氛围。文学的大众化，不是说一定要让小说都畅销，而是使她本身成为值得大众关心过问的事情，让他们认为文学是与自己的物质生活、精神生活密切相关的事情。依此来说，批评的大众化也并非全无可能。我这里想借用一位中国批评家的话，说明这一问题的重要性。批评家郭宏安先生专研法国文学批评，结合西方批评，他认为中国批评的当务之急是："我们需要能够每周向公众提供一篇书评的批评家。他可能由于来不及深入地思考而犯有某种偏颇和疏漏，但是他必有直接的、还不曾冷下来的感受，他也会有产生于两个灵魂初次相遇的、但经受不住左顾右盼考验的理解。他不必考虑自己的文章或所评的书能否传世，更不必担心落伍而盲目进口最时髦的批评术语，因为他的对象是广大的读者而不是少数的同行……我们需要这样的批评家，因为太少了。"（引自《六说文学批评》序言）

我希望《佛山文艺》能更加明确地倡导一种新的文学批评，使“不设防人语”不但“不设防”“语”，而且也不设防“人”，让活生生的、充满真性情的批评文字得以流通，且不论是否有多少理论的“调子”。这样的话，这个栏目就不会为读者绕开，她也就会在这本鲜活的刊物里，占有一个名正言顺的位置。

（原载《佛山文艺》）

“亲切的面孔”面前……

《佛山文艺》1998年第3期上半月刊出了江达先生的《“亲切的面孔”后面……》一文，对笔者《批评：大众化的可能》(见该刊1997年第12期)中提出的观点进行讨论，让人既感亲切又深受启发。如果江先生果真如自己申明的那样，既不“从事批评工作”，又不是批评家，而是在类乎于“先以电话起家”，后又制造“王牌”的“TCL”公司任职的话，他对文学批评提出了那么多让职业批评家都难以一时说清的问题，只能让人在亲切之余感悟到，“批评：大众化的可能”这个命题的成立具有充分的现实理由。在江达先生亲切的面孔面前，不敢担当“职业大师”这个非凡名号的笔者，却愿意就此问题再啰唆几句。

我以为江达先生提出了一个非常尖锐的问题。即在“职业批评”“大师批评”“读者批评”之间，批评家们更多的是在谈论前两者的分界，而有意无意漠视了读者的参与。不过一般而言，除了提倡普通读者在报刊上以个人名义提出自己的批评观点以外，读者批评往往是以群体的面目出现，在此一点上，职业批评家都会程度不同地给予重视。有时，群体读者的态度会左右批评家的谈论话题和批评观点。深圳青年江华对著名作家梁晓声的批评；北京一家调查公司在全国五城市进行民意调查，表明诗歌和杂文为当下中国最不受欢迎的文体。这两件事足以说明读者批评的特殊作用。杂文不受读者欢迎，这是杂文家和批评家都不可思议又无话可说的结论，这可比任何一个职业大师的发言都要有力得多。

江先生和我一样认为批评文章的市场前景不容乐观，而且论据也基本相近，就是批评的面孔很难做到彻底的亲切。但我相信如果努力，情形会好许多，这对批评家来说已足以自慰了。至于说让批评家像金庸先生那样，一手执"武侠"，一手执批评的"牛刀"，并因此带出"数亿的身家"来，那可是万万做不到的。而且我以为批评家也不应为此感到脸红羞愧，无地自容。大诗人艾略特是大学教授和批评家，小说家萨特是哲学家和批评家，要想让中国作家或哲学家抑或批评家同时实现这些目标，那可是非分之想了，纵观中国文学史，怕只有鲁迅先生可以与其媲美。

唠叨了这么多，目的和江达先生一样，就是希望中国批评家在以职业眼光"寻找大师"的同时（《佛山文艺》正在这样做），也能把面孔设法变得更加亲切一点。让批评成为值得如江达先生这样并不在圈内的人关心的职业，只有这样才是批评在市场经济下的前途，也是批评家最大限度地实现自我价值的策略。不知江达先生以为如何？

（原载《佛山文艺》）

找回我们自己的批评学

中国批评走到今天，热闹的话题实在太多太多，但这些话题只要回头一看，就会发现它们原来总是在一个平面上来回摆动，不但没有纵深感，而且连一个环环相扣的线索也很难看到。仅就新时期这个文学批评还值得一谈的时期来说，大部分理论都来自西方自不待说，每一种理论的引进都在一开始显得那么突兀，而且是那么气势逼人，像一个突如其来的大浪，但它的退却也是那样迅速，让人未能真正看清面目就不再能见到踪影。这样的话大家都早已说过很多，说明问题本身是存在的，但为什么却至今没有看到一种自觉改变的迹象呢？西方文学批评的各种理论在中国几乎都已经匆匆过了一遍，最后留给我们的却还是只有我们自己才有的那些问题。这些问题不但与我们曾热烈接纳过的西方文论没有多少理论上的联系，而且许多问题未必能归结到真正的批评学的范畴。我认为，就文学批评学这个范围而言，二十世纪九十年代以后不但没有取得实质性的进步，反而在一定程度上更显鱼龙混杂。八十年代我们至少还在文学批评这个层面试图借着西方批评理论的烛光来照亮自己的一片天地，而且有些批评理论，如“文本批评”等具有较强形式主义批评色彩的话题，已经在学术讨论上达到一定层次，只可惜都还在刚刚开始之际就因为这样那样的原因而突然中断，不再有人提起，仿佛它们从来就没有出现过一样。

九十年代的批评，事实上是一个更加没有学术规范的时代，是一个批评更加远离文学的时代，几年以前还活跃于批评界的不少人，九十年代大都把目光转向了更加虚化的目标，即文化批评上。无论是“人文精神重振”的惊呼，还是“后现代主义理论”的一时鹊起，他们兴趣的中心点事实上都已不在文学，这两种一开始是自说自话的理论，过了不久就“交”起“手”来，而且愈演愈烈，被视为是一场争夺“话语权”的论争。这种针锋相对的论战，在某种程度上仿佛给人一种文学批评出现“繁荣局面”的印象，因为这些惊呼“人文精神”和张扬“后现代”理论的人当中，相当一部分是曾经在当代文学批评界活跃一时的人物，人们也因此就很难意识到他们的理论与真正的文学之间逐渐疏远的距离。这是文学批评在发展到九十年代之后的一个不大不小的悲哀，在九十年代的这些理论喧嚣中，我们看不到八十年代的各种理论热点在其中的反映，更看不到它们在理论脉络上的连续性。九十年代的批评，从批评对象上，是一种放大了或者说虚化了的文化批评，文学，早已不再是唯一的甚至不是主要的关注对象；从方法论上讲，是一种没有缜密的方法论可言的漫说性批评，“对话式”理论文章在这一时期频繁出现就是一个旁证；从功能上讲，批评已不是对文学本文的意义阐释或技巧分析，具体作家作品的分析评价已经退到批评的边缘。在“后现代”理论者那里，文学同其他艺术门类，甚至包括通俗歌曲、影视作品等量齐观，因为他想要证明的不是艺术作品本身，而是将其视为当下社会丰富的文化景观中的一个画面。而主张重振“人文精神”的学者，则选择了部分在大众中因各种因素而引起反响的作品，来说明当下文化流于世俗的悲哀景象。这其中对《废都》、对王朔小说形成了两种界线截然分明的评价态度，而这种分野在很大程度上是由于文学之外的价值观造成的，并非是真正意义上的文学批评。

如果说以上两种理论纷争还要被划做是文学批评的话，与之对应的另外两种批评现象是：对于文坛上出现的先锋小说，尤其是新生代小说，人们喜欢用自创的名词术语来加以概括，比这些概括的准确性更值得注意的一点，是它们同上述的两种文化批评缺少理论上的内在联系。另外一种就是没有品格可言的作家作品评论，这些评论多数是没有理论背景的应景式文章，所以尽管有“重振人文精神”和“抵抗投降”等激烈的论点，文坛上的吹捧之风以及人们对它的厌倦与不满却未曾减少。首先是批评对象的选择失去必要的标准，在一些过去人们认为具有相当规格的学术报刊上，一些闻所未闻的作家作品受到极高的评价，这种只能给评论对象带来一种虚妄快慰的评论，让更多的人感受到的是一种批评的堕落。

所有的现象都归结到一个寻找症结的问题。我们都知道一试即灵的良方不是谁一下子能够开出的，但并非没有思路可寻，也绝不是没有努力的途径可走。近读《二十世纪美国文论》(北京大学出版社，1994 年)一书，我以为这本由中国人描述美国批评史的著作，对我们来说是一面很好的镜子。“读欧美，看自己”，是我通读这部著作时难以拂去的想法。我认为至少有两点在当下中国批评界加以强调是十分必要的，一是有关批评的独立性问题，再者就是如何使一种理论真正具有可操作性，使之成为一时期批评家们可以借以进行文本阐释的批评手段。

美国的批评学说发展到今天，已经成为影响世界批评学说发展的重要力量，但回首一看，它的历史却短暂到只能从上一世纪开始溯源，而且那一时期，除了以作家创作体会为主的印象主义批评外，真正的批评还远未出现。但进入 20 世纪，尤其是战后，美国的批评界出现了异常的活跃局面，在欧洲大陆盛行的批评理论迅速在美国产生影响，并得到了长足发展，到今天，美国已成为世界批评学说的一个不可绕过的中心。当世纪之初“新批评”在美国崛起时，他们的许多声音到今天听起来都好像在说我们身边的批评环境，如艾略特强调的“诚实的批评和敏感的鉴赏不应着眼于诗人，而应着眼于诗”，“如果我们只注意报刊批评家们乱作一团的叫喊，以及随之而来的大众化的重复，那我们能听到的诗人的名字就太多了”。与艾略特同时期的兰色姆、布鲁克斯等人，尽管在具体理论阐述上各不相同，但他们都表达了批评应当回到“本文”的强烈愿望。这是批评走向自觉独立的一个开始。美国批评因此走上了日趋科学化和理论化的路途，直到战后，注重思辨的理论批评成为一时风潮，而实践批评也空前活跃。“批评家不仅提供对文本的阐释，而且明确界定自己之所以如此阐释的理论视角和理论依据。”各种在欧洲大陆流行的批评理论进入美国，它们带来的结果，不是唯“新”是逐的混乱，而是引出了涉及批评“存在的理由”等问题的理论思考，因此才在六十年代进入了“批评的批评”这样一个时代。无论是结构主义批评、神话—原型批评还是解构主义批评，这些批评理论都在试图回答一些根本问题：批评的存在理由、批评的功能、批评的方法及批评

的目的等等。可以说自“新批评”以后，美国批评的发展脉搏是我们完全可以号到的，它们之间环环相扣，在一个焦点上争执不已，又引出若干新的理论问题的线索，为我们提供了一幅色彩纷呈又有序可循的多元画面。尤其是各种理论在影响的延续性和互相之间的交叉包容方面，值得我们的批评家们深思。他们的批评，正是在这样的多元而又有序的理论纷争中，一步步走向成熟、独立、自觉的道路。

美国批评史上另一个给我们启示的现象，是它的理论批评与实践批评同步发展，并且二者往往能相得益彰，互相印证。即以七十年代以后的“耶鲁批评家”为例，他们艰涩的理论常常能通过实践批评的阐发而得到认可。比如，它的重要代表人物米勒，“他通过大量的、精彩的文本阐释的范例，使美国文论界终于承认，解构主义批评的确能行之有效地产生富有启发的文本读解，而他的批评实践，反过来又使解构主义批评在方法论上上升到一个比较完备的理论形态”。理论批评与实践批评相结合，互为因果、并存一体的局面，不正是我们的批评界最缺乏的吗？理论批评与实践批评的相互剥离，是中国批评至今没有认真对待，也就无从谈起得到解决的问题。我们的理论所走到的玄奥程度，从某种角度讲并不亚于欧美，但我们的实践批评却直到今天使用着陈旧不堪的理论术语和评价标准。由于缺少批评理论的自觉运用，实践批评无论对作家创作还是读者阅读都在交流和引导意义上大打折扣；理论批评因为没有批评实践的印证，就常常成为“茶壶里的风暴”和过眼烟云式的虚张声势，迅速被人遗忘。这样的问题不得到解决，批评的真正自立就不会实现。

美国批评在 20 世纪所表现出来的“独立化、多元化、科学化和理论化”四大特征当中，独立化和科学化是最需要我们借鉴与强调的，我们的批评很少在批评的自觉自立上展开论争，批评永远只能做文学“大树”下的一棵“小草”，难以摆脱附庸于文学的难堪地位。而批评的独立自觉，首先要建立自己“游戏规则”，没有规则的折腾，不但会限制自身的发展，而且也因此会失去“尊严”，成为文学家们动辄指责、鄙视的对象。

时下的中国批评界，又一次开始自己反省自己，有关批评风气的指责言论日见其多，空泛而又大而无当的“文化批评”最终不能代替文学批评本身，因为它不可能为文学批评提供一种行之有效、具有可操作性的方法论，这与论者的观点是否正确并无多大关系。建立一种努力向科学性靠拢的批评学说，同时通过实践批评的运用而使批评真正既能独立于文学，同时又使自己能在艺术殿堂争得一席之地，这是欧美批评家们讨论了多少年的问题，也无疑是中国批评家们的梦想。有了梦想就自然会去寻求实现梦想的途径，由此，中国批评才会迎来一个美好的前途。

批评的定位与根基

文学批评在当下中国的命运并不十分乐观，“批评的缺席”“批评的失语”这些对文学批评的不满与失望之辞大都来自批评家内部。文学批评失去往日自信是一个再明显不过的事实，批评队伍人才流失，批评家放弃文学批评的本来职业而到别的学术领域争抢地盘的现象已为人们所习惯。文学批评不但信誉降低，而且身影模糊。但只要有艺术存在，批评就永远也不可或缺，没有批评繁荣的文学兴盛是不可理喻的。如何从根本上寻找文学批评的出路，这个难题首先应当由文学批评家们自己来解决。从二十世纪八十年代开始，当代文学批评界有关“我的批评观”和“批评是什么”一类的话题就从未中断。在世纪末的今天，检讨文学批评在当代中国的现状又一次成为批评界难以绕开的题目。而批评的理论资源问题，是所有这些问题里急须澄清的一个重要理论课题。理论资源的提出，涉及批评的功能、标准、对象、批评的方法、目的以及批评的语言操作等诸方面。理论资源或者是批评的背景，或者就是批评本身。中国当代批评在八十年代和九十年代表现出来的延续和分野，从理论资源的角度来看，一样可以得到部分答案。

文学批评的现实背景是当下的文学创作实践，作家作品、文学思潮以及意识形态的走向，都在根本上制约着文学批评的潮流和动向；批评的另外一个背景就是批评的理论资源。如果说八十年代的批评和九十年代的批评有什么明显区别的话，就是批评实践对以上两大背景的倚重有所不同。整体上看，中国批评受制于文学实践的因素要远远大于对理论资源的依托。但其中也不是没有程度界线的划分。八十年代的中国批评界，在追踪文学实践的同时，对理论资源的探寻以及对这些资源在批评实践中的应用，都表现得相当自觉。每一次新的理论资源的发现，都会在文学批评界引起很大反响，并有许多批评家或自如或生硬地搬用到批评实践中。最早对人们的批评认识产生冲击作用的是“新三论”，在印象式的批评传统为主导的中国批评界，“新三论”的积极意义在于，它提醒人们，批评是一门科学，运用科学的理论从事批评是批评全面革新的有效手段。“新三论”居然一时成为一种批评的时尚，在批评家的文章里，各种非文学的概念、术语成为分析作家作品的出发点，甚至不惜动用图表、坐标来演示自己对某一创作群体或某一具体作家作品的分析。此后又出现了以现代心理学为基础的心理批评方法，由于这一理论打开了一个分析作家作品的新视野，而且同中国传统的印象式批评方法有某种内在同构，所以心理分析批评在批评实践中得到了广泛应用。与此同时，一些对中国批评界来说一时还难以理清头绪，在理论上对其哲学背景不甚明了，在思维方式上有所冲突的批评理论几乎是一夜之间进入中国，原型批评、阐释学理论、女权主义批评、读者反应批评、符号学理论、语言学等等，不一而足。那是一个理论资源繁多以至于让人眩目，甚至于滥采乱掘的批评时代。批评的观念

顿时变得难理头绪。但仔细想来，真正在当代中国形成气候并有一定成功实践的批评方法，是心理分析批评、语言学批评、文体研究等有限的几种。这些来源于西方的批评理论在中国批评界之所以能够驻足时间较长，从深层背景来看，是中国印象式的批评传统与其理论的契合程度较高，无论是否出于自觉，可操作性的大小是理论资源能否被充分利用的重要根源。

八十年代的文学批评不管是被视为繁荣还是浮躁，无论是新鲜活跃还是生吞活剥，都表现出前所未有的热闹局面，批评家的地位和尊严在那一时代显得十分可观。九十年代则几乎完全是另外一种局面，无论其原因是非文学的突发事件还是文坛实际造成，文学批评在九十年代初表现出来的低迷和自信心的丧失都是一个不可回避的事实。八十年代对文学批评的反感主要来自创作界，而九十年代对文学批评的失望则首先来自批评界内部。简要而言，救活文学批评的强心剂是文化批评。一些在八十年代活跃一时的文学批评家转而从事文化批评和社会批评，加之商业大潮对当代中国社会的有力冲击，文化批评和社会批评的迫切性和必要性显得顺理成章。其中的代表性话题就是“后现代”主张的提出和“人文精神”的讨论，对社会走向与道德观念的认识分歧，使文学批评成为一个远远不能满足人们写作需求和阅读需要的可怜角色。文学创作本身的徘徊也使人们有足够的理由对之漠视。在文化批评领域里，文学实践只扮演着“小小旁证”的角色。对王朔小说、《废都》的批判与鼓吹，对“二张”的赞叹与不屑，使批评队伍出现严重的分化。争抢话语权是文化批评过程中最为抢人眼目的景观，无论知识分子是否处于或是否应当处于“边缘位置”，文学早已离开了意识形态或文化领域的中心，却是一个不可否认的事实。所有在八十年代开始的对批评理论资源的探寻与挖掘突然中断，一些刚刚步入批评殿堂的理论条文全部被搁置不用。文学批评在身影逐渐模糊的沉沦过程中，刚刚建立起来的远不稳固的理论资源丧失一空。还有谁用语言学、心理学的方法研究文学，都会给人隔世之感。由于在文化批评中活跃的人物是在八十年代以文学批评为主业的学者，人们常常把这种大而化之的批评视为文学批评本身，这是对文学批评的极大误解。

目前的批评界正在清算文化批评与文学批评的新账，无论结果如何，也许都可看成是文学批评又一次觉醒的征兆，可以预想，理论资源的问题又会重新出现在批评家们的面前。九十年代中后期，文学创作界出现了一次不大不小的回潮，长篇小说数量以惊人速度猛增，文学流派又一次渐成规模，批评回到自身的可能正在出现，在这种时候讨论批评的理论资源问题显得十分重要。有关西方文学批评理论的探讨正在小心翼翼地重新开始，有关“中国传统文论的现代性转化”是九十年代批评界提出来的具有丰富学理内涵的学术课题。说到底，中国当代批评如何从僵化的政治束缚中挣脱出来，是八十年代初中国批评界的首要问题；如何在眼花缭乱的西方批评理论中走出适合自己的批评道路来，是八十年代中后期中国批评家面对的棘手难题；文学批评有效地与文化批评分离，使之成为独立的学科或艺术，是九十年代批评界不得不面对的难点。

如果我们追本溯源，来自于西方的各种批评理论都有自己得以立足的深厚的哲学背景，我们视之为资源的理论本身还有一个资源背景。简单地借用概念就是只求皮毛，失去了根基，而我们面对的批评对象，又往往具有完全不同的文化背景和哲学背景。

这就使我们常常会遇到理论批评难以联系实践批评的局面。事实上，近乎神话—原型理论、精神分析理论，更多的是在分析、研究经典著作，尤其是西方经典著作时才更多地被采用的理论方法。必须从整体上把握各种批评理论的来源和哲学背景，是我们树立新批评观所必须要做的艰苦努力，但我们的批评实践又只能部分地、灵活地利用这些理论资源，才能使之发挥更有效的作用。对中国批评家们来说，运用西方现代批评理论分析文学文本，有一个漫长的理论综合过程和写作时能够“化”而用之的操作过程。我以为，单个以某一种西方理论为资源面对中国文学，都会在操作过程中遇到很多障碍，难以应用自如。没有新的批评理论作为资源的文学批评，更多的只是印象式的欣赏文字，其反面的极端是“骂”派批评的出笼。因为几乎走向“捧杀”的作品欣赏和不无“棒杀”之嫌的“骂”派批评，不需要多少高深的理论资源，过誉之辞和过激言论更多的是依靠说话的胆量。而专门以某一种理论体系为背景对作家作品的分析，又常常给人生搬硬套的感觉，经常是出力不讨好。用“系统论”来分析某一具体作家的作品，让人觉得来路不明甚至反感。而且并不是所有理论都可以用来分析任何作家作品，用原型批评理论分析“改革文学”，用心理分析批评方法面对“大厂文学”，都会给人莫名其妙的阅读印象，方法的运用失之恰当。

单纯的理论研究是文学理论家的任务，没有理论资源为背景的批评行为最多只能产生文学欣赏家。批评家，是介乎于二者间的角色，只有具有科学的理论素养，又不失艺术感受力的人，才能成为真正的批评家。批评是一门科学还是一门艺术，批评家是理论家还是艺术家，这在中外文学史中都是一个仍然没有给出答案的问题。在科学与艺术之间，批评需要开辟出属于自己的独特领地，成为连接科学与艺术的链条和纽带。在这一点上，罗兰·巴特是一个典范。巴特在法国长期被文学研究部门排斥，他有过一句著名的理论格言，叫作“瞧，我没用概念”。他的理论著作《恋人絮语》被搬上话剧舞台，但《一个解构主义文本》的附题，又使这部著作成为他理论研究的结晶。这是一个批评家所能实现的完美结局。不用概念不等于没有学术修养，学术修养又可以不通过概念名词的大肆鼓噪来体现，这是值得中国批评家认真思索的问题。理论资源的拥有不至于成为丧失艺术敏锐的前提，对艺术的感悟又不一定非得以放弃理论背景的确立为条件。说得轻松一点，批评是一种智力游戏，游戏是一种既讲规则又需要即兴发挥的行为过程。比较而言，我们的批评家最缺乏的不是对艺术的感受能力，不是对文学走向缺乏感性的把握，而最应当提出来的，也许还是理论资源的探寻和资源的有效配置。在当前的批评局面里，人们对批评徘徊不前的怀疑与不满，首先要从理论资源上寻求突破，批评需要有自己独立的语言。这需要所有批评家共同的努力。

批评是深邃的哲学，也是清纯的艺术，批评可以是自由的文体但不能缺少科学的精神，批评是老于世故的顽童，批评是穿行于科学与艺术中间的自由人和流浪儿。批评不可能偏居一隅，老气横秋，但批评需要有属于自己的归宿。

批评：主体间的对话

当代中国批评并不缺少热闹的话题，并不缺少说话的机会与阵地，甚至也不是没有值得投入的批评对象可以认真对待，但人们对批评的不满却与日俱增，绝不因理论术语的更新变异和理论纷争的一时涌起而有所减轻，反而成为人们对批评界痛加指斥的缘由。从事批评本来就是一件得不偿失而又非常艰难的事情，招致如此待遇，似有一点不公，然而它得到的同情却少得可怜，这就不能不让人到批评自身去寻找原因。中国批评经过这么多年的风雨兼程，始终没有真正面对一些批评自身的基本问题，比如批评是什么、批评的标准、批评的态度、批评与艺术和科学的关系，等等，这些问题看上去绝不像“后现代”“人文精神”等更具诱人之处和振聋发聩的力量，但对从事批评的人来说，却不应绕开，而且一旦面对也未必能立刻解决。我们每读西方批评理论，无论何时何地，也不论何种批评流派，常常会发现他们对这些问题不厌其烦地自圆其说，他们的理论建树也常常通过对这些基本的然而又是棘手的问题的回答得到体现。内在批评是批评真正应走的道路，努力都未必能达到目标，更不要说漠然对之了。近读郭宏安先生文集《同剖诗心》，令人欣喜，看到了真正的内在批评在中国的存在。

从题目上看，这是一本讲述法国文学与批评的书，其中又抽取了波特莱尔、斯丹达尔、莫泊桑和加缪为样本，触及的问题却是文学批评的实质，试图回答批评所面对的诸多基本问题。著者对法国文学和批评的深入研究和应对自如自不待言，在《红与黑》的诸多复译本中，“郭译本”是最受读者欢迎的一种即为印证。而《同剖诗心》对中国古代文学批评观点的引述，其丰富和翔实程度常常令在行的读者有眼花缭乱之感。当代中国批评家对外国批评理论的译介和推崇早成风气，甚至不乏一知半解、生吞活剥之嫌。而本民族的批评传统早成了专家的学问，鲜为从事实践批评的人提及，仿佛中国数千年来的批评传统已成明日黄花，无有用处。《同剖诗心》里对中西批评理论的对照和印证，如著者所言，目的不是为了从事比较研究，而是让人看到无论中西古今，人类在艺术观点和精神世界上面的相通。这是一种有切实的立足点又能“打开最广阔的视野”的批评，是一种我们久违了又在不断寻找的批评。

“一个人性钻进另一个人性，不是挺身挡住另一个人性”，这种“浪漫派的大师批评的典型”，也是著者洋溢于全书各篇的理论前提。这不是一部各自孤立，甚至在理论上自相抵牾的“拼盘”式的文章汇编，而是基于自己一以贯之的批评理论进行的理论阐述与实践批评。在对以波特莱尔为代表的浪漫主义批评的论述中，著者凸显的是对“批评家的公正与偏袒”的批评乃为“主体间等值”等涉及批评理论基本问题的明确回答，并由此对“白璧微瑕”等常见的“批评套语”的阐述。条分缕析、亲切自然甚至引人入胜的理论剖析得自于著者对它们的活化并总能用精确与精练之语进行高度概括。对“西方当代文学批评的最大特点”，以“同情”“结合”“遇合”或者“认同”来归纳，总结出它“强调批评意识和创作意识的一致性”的特点。这种一致性在著者看来是批评主体与创作主体之间的“交流”，而“交流”的实质“不是一种等同，而是一种等值”，批评家就是要接受创作者的启发或暗示，并立即做出应答，这是体现批评家素质的重要支点。郭宏安先生特别擅长于对复杂的批评理论做二字式的总结，让人能一下子抓住这些批评理论的核心与要害，并以这种二字式的概括过渡，抽提出理论的要点。比如，他认为批评家乔治·布莱从斯丹达尔的批评中发现了“钦佩”，“钦佩导致参与，参与导致‘同情’和‘认同’”，说布莱又从波特莱尔那里发现了“弃我”。除此之外，对杜波斯的“沉默”、雷蒙的“参与”、贝甘的“在场”等理论的概括，集中体现著者结论：所有这些无不在强调“批评意识的觉醒”。这种种发现又都可看成是著者本人的一己发现，著者自己的一种智慧显露。在论述“批评之美”时，郭先生提出了批评家应持的态度，即“严肃和谦逊”，并说“‘严肃’意味着平等，‘谦逊’标志着钦佩”。这种高度概括的根源在于著者对论述对象的了然于心，不是一味倒在对象的理论之下喘不过气来，反能游刃有余地为“我”所用，活化于心。它的直接结果是让人能真切把握这些批评理论的根本。

西方当代批评理论流派众多，在八十年代以后几乎是同时涌入中国文坛，让人一时难寻头绪，而事实上每个人只有对一种理论能基于“钦佩”之情而用于自己的批评实践，才能真正显示批评理论的实际用处。郭宏安先生的选择是浪漫主义批评，对浪漫主义批评，重点又放在波特莱尔身上，在他所有的介绍与论述中，重中之重则是批评行为的主体性，这种主体性不是我们习见的对批评主体的简单强调，而是批评主体与创作主体之间的“暗合”与“交流”，以及其中应当体现出的“主体间的等值”。正是基于此，他对“批评家的公正与偏袒”的论述就不是一种任意而为的即兴发挥（这样的论题常常是可以随便去做的），他借波特莱尔之“酒”，有理有据地“烧”了一回“自家块垒”，从而对“公正”之名下的教条式批评和真正显示批评主体的“偏袒”批评做了极佳论述。但他又强调了“偏袒”的一个最重要前提，即“这种批评是根据一种排他性的观点做出的，而这种观点又能打开最广阔的视野”。否则就成为“捧杀”“骂杀”之作，与教条的“公正”一样误入歧途，不能算做真正的批评。“能打开最广阔视野”的“偏袒”批评，“实为艺术（文学）批评上的公正”。也由此，著者对“白璧微瑕”的“批评套语”做了自己的理论注释，其中渗透着批评应“面对大体”的观点，强调批评应当本末有置，而不应“滥用局部”，只见树木，不见森林。

郭宏安先生的理论评述时时让人看到他做批评家的强有力的主体性，他的实践批评是自己理论批评的最好印证。他通过对波特莱尔抑雨果扬德拉克洛瓦的批评行为，让人看到了浪漫主义批评的理论出发点，更重要的让人看到一种全新的批评角度和视野。他论《红与黑》，着眼于于连在追求“幸福”的途中表现出来的“迷”与“觉”，从而把对小说主题的挖掘上升到一个超出具体时空的人生层面上，为我们真正把握作品的主题内核打开了一堵“墙”，也即“打开了最广阔的视野”。这是一种批评胆识和批评智慧的体现，是浪漫主义批评在批评实践上真正显示“穿透力”以及批评家作为“洞识者”区别于普通读者的重要之处。

在论述法国当代作家加缪时，著者将自己一贯的理论主张运用于批评实践中，并再一次显示了对批评对象高度概括的能力，二者结合，就使批评对象的“大体”能“浮出水面”，让人把握。“《局外人》与‘含混’”“《鼠疫》与‘神话’”“《堕落》与象征”，仅从题目就不难看出批评家的着眼点和概括力。对于当下中国批评来说，这样的批评方法，有多少启示意义是不问自明的，我们的批评长期以来一个难以克服的症结，正在于理论批评与实践批评的严重脱节，整体如此，具体到一个批评家也大抵如此。所以我们满眼看到的是理论批评滑向不能自制的艰涩难懂和一味张扬，实践批评则陈旧不堪和乏善可陈。理论与实践的一体化是批评的真正出路，只是我们至今对此不但没有自觉寻求突破的途径，甚至还远未认识到问题的严重性。就此而言，阅读《同剖诗心》的意义，大于书中具体观点本身。

《同剖诗心》的另一个特色，在于其对中国本民族传统批评理论的自觉运用和多层面论述。在论述乔治·布莱有关“批评意识”的理论时，著者以中国古代有关“心”这个多义概念的历代解释，与西方哲学中的“我思”做了对照，显示出古今中外思想家之间“出于同一机杼”的相通之处，并为西方文论中的“忘我”“弃我”等概念从中国传统文论中的“虚静”说中找到了印证，所引之言涉及时代之久，人数之多，非专业古代文论家不能及。对于“白璧微瑕”这个“批评套语”的现代解注更是中西通论，出入自如，并在有关“自由的批评”论题下，再现中国现代批评家李健吾先生（同为法国文学专家）的批评理论与实践，将批评的标准、态度，尤其是批评的独立性问题引向深入，使其成为中国批评家一样曾经关注和时下必须引以重视的理论话题。

一个真正对批评而不是对流行话题感兴趣的中国批评家，都应具备这样一种纵说古今、横论中西的能力，这是批评家除了能接受艺术家的暗示并做出应答的素质外必需的理论素养，二者互为因果，真正融入自己的批评实践当中。《同剖诗心》中不乏这样的范本，一千六百年前的谢灵运，有诗句曰“池塘生春草，园柳变鸣禽”，千百年来，历代文论家对此诗句的意义内涵多有争议，于是歧义丛生，不一而足，郭宏安则在列数数十家观点之后，以“康复者眼中的世界”来注入新意，认为“此句之工，根本在于透露出一个艺术家对外部世界应抱的态度，即如一个久病初起渴望着重新拥抱生活享受生活的人一样，胸中涌动着一股不可遏止的热情。”他通过波特莱尔对“康复者”心灵世界的论述，不但确立了自己对这句古诗的不无“偏袒”、却能“打开最广阔的视野”的释义，而且进而推出“康复者”的心态正应是诗人、艺术家的心态这样一个独特的理论结论。因为在著者看来，“一个康复期的病人”同艺术家一样，对生活和世界有着“同样的敏感，同样的渴望，同样的好奇心”。比旁征博引更让人深受启示的，是在这样的论述中我们看到了艺术创作不分古今中外的相通之处。这一点同样是当代中国许多从事批评的人应当补上的艰难一课，因为在当代文坛上，对自己民族文学批评传统的冷漠态度已经导致出陌生甚或无知的结果。

一本被著者和编者视为“札记和随笔”的书，同样是一位智者不无激情和血肉的心灵记录，或者看作是“美的批评”的著述，对这样的“札记和随笔”，理应不该随意对待的。

（原载《读书》）

批评：我的困惑和向往

在我的心中，批评是一个单靠知识或仅凭诗意都不可能抵达的地方。于是，我不认为那些具有学院派面目的正襟危坐的高头讲章，大而无当的空泛谈论是真正的批评；我同样也对洋洋洒洒、自鸣得意，故意用“创作实践”的资本争夺话语权威的某些“作家批评”不以为然。批评有它自己的境界。

我曾经生吞活剥过许多西方批评大家的著作，其中的一些译著后来被证明是充满了翻译谬误的赝品，仿佛已经把握住了一点批评的真谛，又很快无所归依地消散，只能起到潜移默化的作用，不可能成为一种运用自如的批评武器。当我看到有人用“新三论”（这些理论从哪里来又到哪里去了？）中的“系统论”分析“山药蛋派”小说家时，我觉得哑然失笑；当我读到有人用“原型批评”（它也算是“传统理论”了吧）分析一篇乡村题材的小说时，又有一种无法言说的别扭。然而，批评的确就是这样在一种被征服和不无向往的境地中学步前行的。我们的困惑来自于，我们其实真的在学步，而我们心中的自己却可能早已是英武的勇士。

我们的困惑大多是最基础的和常识性的。在批评界你会注意到这样一种现象，名家大家正在受到怀疑和指责，赞美的文字又常常送给一些不见经传的名字。这种分裂状态经常会表现在同一个批评家身上。我的一位朋友曾经提醒我，你连某某（作品几无影响的地方作者）的作品都可以评论说好，还对已成大家的人搞什么“酷评”。这是一个批评标准的问题，同时也是一个批评良知的问题。也许那些刚刚起步，或者还在文坛门外的人对批评家拥有更多的敬意和期待，而那些被“寻找”到或自认的“大师”们，常常对批评抱有虚假的不屑和复杂的失望。但这一切都不应当成为批评家妥协和放弃原则的理由。

批评需要多种背景，文坛动向是其中一个。然而当文坛本身成为批评的主要对象，话题争论成为批评主流和兴奋点时，对作家作品的阐释就会成为无人过问的支流末节，文学批评扮演着在名利场中搅浑水的角色。云烟过后，批评还在原来的起点上。二十世纪九十年代末期以来，“骂派”批评很受追捧，人物不论大小，事情或有趣或无聊，只要能造声势，就必定受到小报编辑和杂志主编的欢迎。有的甚至还演化成了法律诉讼。种种夸张的姿态和刻意拔高的音量，成了批评家引人注目的主要条件。其实，这些本来就未必成立的问题最终也不会“骂”出结果，找到真理。再往前推，二十世纪九十年代的大部分时间里，文学批评生存在文化批评的阴影下，作家作品成了一系列文化现象中的旁证被不断罗列。也许还有人为此沾沾自喜，殊不知文学的独立性却正在这种“重视”中失落。由于文学批评过度的文化批评色彩，一些人文学者在一夜之间也变成了批评家，他们可以依靠碎片式的印象和临时阅读对文学发言。“批评的缺席”，其实是对文学本身的缺席，是批评家对文本批评失去信心和兴趣的表现；“批评的

失语”印证的是文学批评主要功能的丧失。我这里的功能是指，批评家应当在扎实、系统地进行理论建设的同时，把文本阐释视为批评的正途，真正在文学发展史和文学理论的背景下，为手中的作家作品进行历史性的定位，阐述其在文学链条上的作用和价值。

在我的向往中，批评既是科学又是艺术，是富有诗意的科学，也是拥有学理精神的艺术。批评家从文本中感知灵性，用理论素养综合、归纳和提升自己的悟性，在充满个性的批评文体中，渗透出科学求实、严谨扎实的精神。因为批评面对的是文学，所以比一般的学术研究更为鲜活；因为它对文学的表达既是个性的传达又是学理的总结，所以又不同于作家们的“创作谈”和“印象记”。正是这种科学与艺术的交融，才使得批评散发出自己独特的魅力和潜质，而非人人都可以操刀。

批评的建设首先应当是独立学科和理论体系的建设，这是我们最为缺乏的，近二十年来，在西方批评理论以集中、快速的方式引进之后，我们的批评家仍然缺少属于自己的可以依靠的批评理论。中国传统批评理论的成果，那些以“印象”批评为主，以“点评”“注解”“眉批”见长的批评，在现代性的转换方面没有取得多少实质性的进展，在中西批评理论结合和互补方面更是少得可怜。完整的批评理论大都有深厚的哲学背景，批评观同时也是一种认识世界的哲学观，中国批评家由于缺少这样一个背景，所以在理论建设方面就具有更大的难度。幸运的是，目前的中国批评界，青年人才很多，并且在高校、科研院所和文学机构中都有分布。如果辅以相应的扶持，中国批评的理论建设就会取得长足进步；批评的繁荣和发展就会有一个稳健、扎实的起点；批评就不会总是在一个平面上游动、发展，就应当体现出足够的上升能力，拓展上升的空间。

批评的独立性是个脆弱的命题。批评本身是一种创作，是一种创造性劳动，这是它避免沦为文学附庸的前提。批评是文学的附庸，这个根深蒂固的观念即使不断反驳也很难消除。批评家放弃对批评个性的追求包括对批评文体的探索，在一个特定的批评氛围中人云亦云，都是一种自贬的行为。求真求实不是一种发言姿态，而是一种融入批评家灵魂深处的精神。批评家的胆识，不但应当体现在对新起的文学现象的大胆肯定上，同时也体现在他对这些现象能够始终保持足够的警觉和质疑，尽管这种警觉要冒被人指斥为“守旧”的危险。向所有新的潮流致敬更容易得到一时的讨好，但批评家独立存在的价值却因此被削弱。批评不可能为文学“立法”，但批评应当有一种秩序、尺度和标准。

（原载《南方文坛》）

先锋批评的基调

从《小说选刊》2002年第十二期读到洪治纲的长文《先锋:自由的迷津》。我是以拜读的姿态来读这篇文章的，因为长期以来，中国文坛对先锋文学的大体态度是：在创作上顶礼膜拜，在批评语调上又常常夹杂着不满和不屑，这种矛盾的态度耐人寻味。而洪治纲的这篇长文，似乎是要努力解开这个谜团，因为正如文章副标题所说的那样，这篇文章意在解答“九十年代以来中国先锋小说所面临的六大障碍”。通读之后，我的第一印象是，这篇从标题上看应是尖锐犀利的长文，内里其实还没有达到有力的突破，围绕先锋小说的困惑和迷雾，没有得到彻底廓清。这一点也不奇怪，因为我们都处在对一种文学现象认识和梳理的过程中，终结性的结论不会有。我想写这篇文字，不是想和洪治纲商榷什么，而是联想到了“先锋批评”(洪治纲语)的处境和可能性。

我个人感觉这篇文章的作者在写作过程中处于一种矛盾的心态中，他对中国先锋小说的现状不满，想要发出一支利箭，却又不想伤害任何具体的对象，所以作者煞费苦心地找到了一个看似机智、却也充满矛盾的写作方式，以否定式的标题列出中国先锋小说的若干“障碍”，其中又暗含着作者心目中先锋小说的理想情景。就小说创作本身而言，洪治纲找到的“障碍”其实有四个：虚浮的思想根基，孱弱的独立意识，匮乏的想象能力，形式功能的退化。言下之意，先锋小说的理想状态应当是：深厚的思想根基，强劲的独立意识，丰沛的想象能力，形式功能的创新。作者的论述也正好在这样两条线索上忙碌。一方面，他对中国先锋小说在以上各方面表现出来的无力和虚假表示不满，另一方面，又从西方文本中寻找先锋小说的榜样。这样，对先锋小说理想状态的描述和对中国先锋小说的批评相互交融在一起，有时是相互纠缠在一起，在理论探讨和文本批评间游走。特别值得注意的是，当洪治纲描述先锋小说的理想状态时，他可以放心地以当代西方作家作品为例说明道理，如卡夫卡、普鲁斯特、昆德拉等等。当他要对中国先锋小说的疲弱进行剖析时，却几乎没有以大量的作家和小说文本为分析对象，而这正是这篇文章最有可能出彩和发力的地方。在理论批判的过程中，作者仍然使用了肯定式的例证分析，强调在整个中国先锋小说不能令人满意的境况中，只有几位作家出色地体现了先锋小说的特质，他提到的名字是刘震云、莫言、残雪、余华等业已成名的作家，这种表述方式很有意思。在批评中国先锋小说的不足时，作者只在一处简略地提到几个名字，朱文、韩东以及李冯、格非的部分小说，指出他们的某些作品“精神深度非常可疑”。文章的另一处又正面引用了韩东的一段话，用以佐证自己的观点，这块用引文做成的“橡皮”又把前面轻微的“点名批评”轻轻地擦掉了。

然而，最关键和紧要的问题是，什么是二十世纪九十年代以来中国的先锋小说，如何去划定它的大概范围？或者，我们曾经把谁误认为是先锋小说作家，其实他或他们还离先锋小说的本质

要求相去甚远？我觉得，作者在此失去了勇气与穿透力，然而这是一篇本来要表现勇气与穿透力的文章。既然有对特定时期、特定地域、特定文学现象的分析，就应当以大量的作家作品为实际的剖析对象，用理论刀锋解剖创作肢体。然而作者回避了，从而也就失去了“先锋批评”本来应有的基调。我觉得这深有趣味。这不是一个批评家的问题，而是许多批评家都有可能遇到的困境。

先锋小说，一直以来是我们的期待，因为中国文学的现代性，无论是内容主题上的还是形式和手法上的，都更多地孕育在先锋小说中。然而中国先锋小说的现状，却又常常令读者，特别是以职业读者面目出现的批评家怀疑。面对一个具体的小说文本，批评家可能会对其中蕴含着的任何一点新意和突破进行热情评介，面对整个中国先锋小说的状况，又觉得更多的是在仿制中徘徊不前，洪治纲指出的四条致命缺陷就是要害。因此我们就会面对这样一种批评基调上的游离和矛盾：我们总是对某一具体作家作品的先锋性进行正面评述，并且可以分析得有条有理。然而在把中国先锋小说作为一个整体进行论述时，又常现批评的锋芒，站在世界文学尤其是当代西方小说的背景下，指出中国先锋小说存在的不足。对具体作家作品进行评论时，热情绰绰有余，对作为整体的先锋小说进行分析时，又冷静且近乎尖锐，这就是中国先锋批评呈现给我们的大体风貌。这种矛盾甚至尴尬的批评样式，有时还体现在同一个批评家的写作中。换句话说，我们的批评锋芒多在泛指时出现，批评对象是匿名的，明确的批评对象也多以“榜样的力量”出现；在确定批评对象的情形下，更多的是以善解人意的姿态出现。

批评就这样落入到自己挖掘的陷阱中。在保全尊严的批评和温和客气的评介之间，我们没有找到一条合适的途径加以融合。我们一方面忙着为作家作品归类，为他们划分流派，另一方面又泛泛地批评这种概念炒作，这些事情大多是批评家们合力完成的。比如，前些年有批评家把池莉小说概括为“平民写作”或“为平民写作”，还要加之以“零度叙述”的现代性批评结论，这种概括对正处于上升期的作家来说是必要的，因为明晰的、特别的标签可以使之成为某种创作的代表性作家，尽管这未必是作家本人的初衷。然而池莉本人后来对批评家的这种定位表示不满，令批评家很为尴尬。我以为这个典型个案很能说明批评家保持批评独立性的重要性。把握一种属于自己的、同时又是一以贯之的批评基调，是批评家从事批评的必要前提。也许我们没有刻意去显露过锋芒，但也未必一定要热情追捧。关于批评家应当持什么样的基调来从事自己的职业，我非常同意洪治纲文章中引用的蒂博代的比喻，不妨在此重复。“好的批评家，像代理检察长一样，应该进入诉讼双方及他们的律师的内心世界，在辩论中分清哪些是职业需要，哪些是夸大其词，提醒法官对律师来说须臾不可缺少的欺骗，懂得如何在必要的时候使决定倾向一方，同时也懂得（正像他在许多情况下都有权这样做一样）不要让别人对结论有任何预感，在法官面前把天平摆平……”这就是说，批评家不是法官，批评家是冷静地把握着法庭气氛与秩序的公平的人。其实，如果有一种批评可称是先锋批评，那么它的硬伤是在“对先锋小说实际存在的各种问题的揭示上尤为不足”（洪治纲语）。一般性的、没有确指的批评再全面深入，也无法触动和影响作家的创作。批评的力量和勇气显示在，批评家能够在坚持自己批评原则

和批评标准的前提下，平等对待不同文本，用冷静的智慧刀锋切开置于案前的“中国先锋小说”，做一次深刻的解剖。让那些真伪优劣的“中国先锋小说”家们，既期待又害怕面对“先锋批评”家，从而树立批评的威信，找回批评的尊严。

（原载《浙江作家》）

批评的眼光、态度和风格

一、如何具备批评眼光

一个人沉醉于某项事业是幸福的，如果这项事业具有寂寞的天性，而自己又能乐在其中，他的感受就不会是更加寂寞，反而有一种独享其中的秘密的快乐。从事文学批评的人就常常会有这样的感受。批评带给人的既是一种文学知识、阅读经历、哲学智慧的快乐，同时也是艺术感悟、对话交流的愉悦。不是所有的人都能有这样的体验，即使我已经从事批评近二十年，仍然没有把握说这样的话。

谈到批评，我首先想到两个名字：罗兰·巴特和苏珊·桑塔格。很奇怪，想到他们的情景，不是他们对作家和作品的精彩阐释，甚至也不是批评理论的精深探讨，而是另外一些看上去并不属于文学批评的东西。巴特坐在巴黎的一间屋子里望着埃菲尔铁塔，意识到埃菲尔铁塔之所以是巴黎的象征和灵魂，是因为从巴黎的任何一个方位和角落都可以看到它，身处巴黎，埃菲尔铁塔就成为视线里挥之不去的一部分。巴特那篇著名的《脱衣舞的幻灭》更让人读到了一个批评家无可替代的智慧，他能够发现脱衣舞之所以是一种艺术而非淫秽，是因为表演者的镇定表情、舞台灯光以及音乐为脱衣舞这种行为包装上了新的衣服，脱衣舞变成了情色期待慢慢消失的过程。他的名著《恋人絮语》既是一部对恋爱情景的全方位分析，本身又是一首优美动人的诗篇。只有在这样的时候，我们会发现，一个批评家眼中的世界比之常人会增添多少韵味和色彩，做一个批评家是何等幸福。

苏珊·桑塔格是我新近正在阅读和佩服的批评家，同样地，我读了她的著作，印象最深的是她关于电影、舞蹈以及疾病的精彩论断。比如癌症病人和心脏病患者完全不同的社会承受和心理影响。比如她认为舞蹈家和运动员的区别在于，“在体育界，付出的努力是不被隐藏的；相反，表现自己的努力是竞技的一个组成部分”。“刻画运动员的紧张与压力”是体育欣赏的一部分，而在舞蹈家那里，这种“紧张与压力”必须要通过尽善尽美的表演来加以隐藏，即使是最出色的舞蹈家，也会“闷闷不乐地列举自己所犯的错误”，“构成舞蹈家的一部分组成要素就是这种对自身弱点进行无情批判的客观态度”[①]。这种超越文学的批评既不是一种发自文化优越感的津津乐道，也不是浮光掠影的泛泛描述，正相反，极具穿透力的发现眼光和充满细节的生动、准确描述，构成了杰出批评家最突出的智慧色彩。在这个意义上，巴特和桑塔格在我眼里是当代世界最具魅力的批评家。

有了这样的印象背景，回过头来看当代中国的批评，自然会有别样的评价。我从前一向不喜欢中国的文化批评家，或者说在

① 苏珊·桑塔格《重点所在》，三联书店，2004年版，第231页。

文学批评与文化批评之间，我宁愿信任那些看上去视野不那么宽阔，执着于作家作品说话的人。那种在一篇短文里想把世相描述穷尽，以为可以指点江山的文化批评，总是让人心生疑惑。二十世纪九十年代中期以来，中国批评界是靠文化批评维持活力和存在价值的，一批曾经是文学批评家的学者，把笔锋转向了更大范围的文化批评，他们可以在一篇文章里把意识形态、市场风潮、文化时尚一一带过。文学，那些“纯”的和不“纯”的，真的和装腔作势的，发自灵魂的和脆弱浮泛的文学作品及现象，在文化批评家那里，都和其他文化现象一起相混杂，成为所谓文化批评的一部分。于是我们看到，从前的文学批评家变成了文化批评家，他们将文学现象和作家作品裁剪成碎片，用作文化批评里的论据，文学这个曾经的本业已经成为某种文化描述里的片断旁证和附属物。与此同时，一些从事人文研究的学者也将目光转向文化批评，他们的文章里也时常会有对文学现象的分析。文学批评的这种地位改变非常奇特，一方面，在人们惊呼文学失去全民轰动效应、文学批评失语的状态下，借助在文化批评里的碎片式挽留，文学依然保持着在公众视线里的存在；另一方面，一向在艺术里以“老大”自居的文学迅速褪去了光环，文化批评的喧嚣，让文学成为某种生硬理论和现象描述的轻微注释。于是我们看到，一段时期里，作家及其作品享受到的最高荣誉，是他们被文化批评家在或者讨论“人文精神”，或者张扬“后现代”时匆匆提及。

这就涉及到我想谈的一个问题。文学批评家应当具有文化批评的眼光，但不必一定摆出文化批评家的姿态。一篇文章里罗列十桩事证明一个道理，不如深入彻底地用力把一件事情说清楚。批评家的职业习惯，准确地说是批评家内在的独特发现力，

构成了他看待世界事物的方法和视角。当下中国文坛的批评，文化批评开始退潮，大量促生的文学现象，足以让批评家铆足了劲去追踪。对文学前景的悲哀感叹并没有完全成为事实。在文学期刊日渐寥落的同时，又时常看到文学图书创造市场奇迹，文学与影视联姻带来丰厚回报，文学通过网络扩大影响，文学评奖、文学研讨等活动借助媒体等社会力量让文学保留着被公众关注的可能。文学批评在事实上更大程度地回到了自身。活跃的批评家仍然是那些追踪文学现象、评介作家作品的人，无论他们谋生的环境是高校、科研院所，还是文学机构或者媒体。文化批评，已经成为某些专业学者的学科经验，它和或鲜活或浮躁或喧嚣或沉寂的文坛之间，慢慢疏松了关系，不再成为替代文学批评的强力声音。当然，就当下批评和二十世纪八十年代批评之间，究竟如何比出个优劣高下，这个话题让不少人感兴趣。从理论上找出结论非常困难，但人们在做这种比较时，无非是想证明，和八十年代那种呼风唤雨的批评劲头相比，今天的批评在功能上是否有弱化的倾向？这种隐忧在经过九十年代的“人文精神”讨论和“后现代”鼓吹的淘洗之后，为更多的批评家担心。作为个人的批评家不像从前那么风光了，他们常常需要以一种整体出面的形式显示力量。这就是各类评奖、排行榜、研讨会、对话盛行一时的原因。当然，这也与媒体的作用密不可分。在学科划分越来越细、批评理论的学院化和文学潮流迅速分流的背景下，批评家保持一种良好的姿态，既能从学理上得分，又能在文坛上保持话语权力和公信力，已经变得很困难。也正是基于这样的看法，我从内心期盼在未来我们这里能够出现罗兰·巴特和桑塔格这样的批评家，像他们那样，能够把批评家发现的眼光，哲学家深邃的智慧，艺术家独特的才情融为一体，从文学出发，又超越文学，把文化、政治和社会现象视作一部文学作品来有细节地解读。在当下中国，这样的期盼非常迫切。

二、怎样把持批评态度

如果上面的论述能够证明文学批评至少在文学领域里的强力存在，那么探讨一个批评家的批评态度就并非多余。尽管文学批评的评价境遇并不那么美妙，但它的确还不能说是生不逢时。当下文坛，批评日益显示出不可替代的作用与力量。在文学正在与市场结盟的今天，能否进入批评家的视野，成了作家作品能不能很快为读者接受并迅速获得其“利益”的重要因素。看一看文学批评发挥着怎样的作用和影响吧。在作家作品研讨会上发言的是批评家，无论研讨会这种批评方式多么令人生疑，它已经是文学与媒体自然嫁接的直接途径，作家和作品的名字要进入媒体通道，研讨会的仪式可能是一个最好的由头；选编文学年选的“主编”们大多是批评家，各类体裁的“年选”往往是年头岁尾里最热闹的文学景观，而且版本之多，已令读者无所适从，眼花缭乱，选择和被选择以及主编“序言”里的评价，成了不可忽视的定位；参与评奖、主持“排行榜”的大多又是批评家，以各种名义设立并不断促生的文学评奖活动中，批评家拥有更多的发言权，他们通常被认为是最熟悉作家与创作的人群。除此之外，批评家们正在加入到更多的文学筛选活动中，即使如长篇小说这样的创作，批评家们能做的也不仅仅是出版后的阅读与评论，他们常常以“丛书主编”的名义，集合相关的作家，搜寻相应的作品，

直接参与到这些作品的生产与制作中来。

面对这样的景象，批评家的责任和诚信就显得尤为重要。在我看来，当下批评无论在综述创作走向还是在推荐作家作品时，亟须处理几个可能造成批评家自我“硬伤”或引来读者“误读”的关系。这些问题并不那么大是大非，但每每会在批评实践中遭遇。

一是如何处理酷评名家与推荐新人的关系。批评家为了显示自己的批评见地，为了不掉入人云亦云的平庸陷阱，也因为他们长期追踪主流作家的创作轨迹，常常会对已在文坛成名的作家及其作品进行酷评。这种酷评有时甚至给人苛责和“妖魔化”的印象。近两年来，这种针对名家发出文学警示的批评时有所见。文学观点是一回事，批评态度是另一回事。批评家首先是一个读者，自然，他是一个特殊的读者，面对作家作品，特殊的读者拥有和作家对话的条件，我相信绝大多数作家，面对批评家对话的邀请，不会取完全的决绝态度。鲁迅先生说过大意如此的话：批评家或者说读者，和作家是食客和厨师的关系，如果食客对厨师做的菜品头论足，厨师却以“你来做一道试试”作为回应，那是厨师的不对。如果作家认为批评家因为写不了小说才从事批评，进而面对批评家的酷评发出“你来写一篇看看”的反击，那是作家的无知。现实情形里，这种情况还真的稀有。

批评家不应当温情脉脉，但他应当是一个善良的读者。不管是谁，首先要想想我们阅读文学的前提，如果小说本身是一种艺术的话，我们阅读的出发点和首要姿态应当是欣赏。批评家比普通读者更掌握文学史的链条，他可以把一个作家和一部作品放到这个链条上去掂量。但就欣赏本身而言，他并不一定具有最好的悟性和艺术感应。而且我们知道，职业阅读比之模糊的、随意的阅读，在艺术感悟上程度不同地受到阻滞。批评家因为职业的要求，必须去阅读那些他们并不一定自主选择，但又要有所掌握的作家作品。不过，阅读本身仍然应当是一个审美的过程。一个酷评家如果以专拣他人，特别是那些名家，而且又多是名家的长篇小说进行长篇大论式的酷评，把他们说得一无是处，狗屎一堆，那我首先感到怀疑的是，如此受罪的阅读，你是怎么维持到终点的，不堪阅读的东西从头到尾读完还要上万言书，这样的阅读和写作还和文学有关吗？那不是跟翻拣“黑材料”差不多了么？对一个作家和一部小说在文场里或市场上走红或产生一定影响，有时还真的不是“炒作”“媚俗”“吹捧”等词可以一言以蔽之的。批评家完全变成作家的朋友，其实很不利于自己职业工作的独立性，但在想象中，批评家和作家进行的应当是一场“围炉夜话”式的对谈。坦直而又诚恳，相互信任而又能够直抒胸臆。这样的对话让人产生一种“精神取暖”的愉悦，也使文学以及批评成为一项有趣的职业。就此而言，我虽不喜过分温情的批评文字，但对一副检察官面孔，总在警告世人不要上当的所谓酷评，也同样保持着足够的警惕和怀疑。这种警惕和怀疑还因为，酷评家似乎更容易获得道义上的喝彩，陶醉于此，于批评无益，因为很多真正属于批评的问题被这种道义色彩所遮蔽。

批评家应当是一伙善良的人群，他们不管持什么基调发言，仅就愿意为文学操心费力一条，就足见其愚和痴到什么地步了。而且事实上，酷评家并不是时时都在酷，那就真成扮酷了，“人之初，性本善”，意气风发的酷评家也时常会对一些作家作品发出由衷的首肯，不吝赞词地对其给予认可、激赏或鼓励，且常常是对自己欣赏的文学新人给予热情推荐和积极评价。然而这又产生了一个重要的甚至是致命的问题：批评家面对自己酷评名家时定下的文学标高，到了热情推荐新人时又如何把持？他能说这新人已完全超越了那些影响日隆的“大家”了吗？如果不能肯定地说，那批评标准上的不平衡就不可避免地会暴露出来。即批评名家与推荐新人时的标准差异何在？不被说明的标准是模糊的，甚至还让人怀疑到批评的诚信与态度。善意的批评绝不是一团和气的吹捧，它按捺不住对一位作家的欣赏，同样也直抒胸臆地指出其存在的问题。到最后，批评家不得不痛苦地发现，作家的优长和他存在的问题如同一枚硬币的两面不可分离。我们欣赏一个作家的风格，同时也接受并善意地指出其中的瑕疵。如果我们总能准确地从一个作家的创作中发现这种矛盾和症结，我们就应当相信我们的批评一定会深入人心。

二是在面对创作总体与个别作家作品时的评价尺度。情形往往是这样，我们在描述创作总体走向时，最易彰显冷静的批评态度。精神的匮乏、艺术的造作、语言的苍白、形式的单调，都会成为评价某一类文学创作或某一种创作流派时的基调。然而，如果是评价一位具体的作家或一部（篇）具体的作品，又常常失去了批评的勇气，变得一团和气，热情有余而质疑不足，这又很容易让人产生批评尺度何在的疑问。这样的批评并非从今日始，我们每读批评家的文章，总会有这样的疑惑，在谈到批评理论时，我们有很高的标准要求自己和同行，理论的阐述，大师的训导，潮流的评析，倾向的质疑，等等，都可以见出批评家的真知灼见。我们的批评家心中自有一套或成熟、或生猛的论述。但遇到具体的作家作品，自己的理论是否可以得到印证，是否可以在面对文本时拿出批评的牛刀来解析，则又是另外一种情形，至少，不对位是经常会发生的。这是一种批评的无奈，也是值得我们深思的问题。事实上，作家作品评论理应是批评家最能发挥长处，见出功夫的场合，但往往受制于各种各样的情形，我们的批评勇气无法得到全面展示，使一篇批评文章变成一般意义上的作品赏析。在我看来，理想的批评，应当是批评家以真诚的态度面对作家，以阅读的感悟和理论的武器解剖作家作品的场所。我们寻找他们的创作规律，总结其创作的特点和风格，并从这风格和特点中发现其优长和局限。当我们把这种优长和局限和盘托出时，达成了和作家对话的目的，告诉他在创作中已经做到的和仍待提高的地方。尽管这些意见未必都能切中肯綮，但由于我们所持态度是对话，目的是为了作家创作能够更进一步，真诚的态度会让批评家的风采得以彰显。

问题在于，我们常常找不到一种合适的调子，能让我们可以把作家及其作品放置到批评的案台上，用我们早已成竹在胸的批评之刀，令人信服地进行游刃有余的表演。理论勇气一旦面对具体的文本，就会变得止步不前，畏首畏尾。或者，我们只敢说出心中的理想，比如外国的某某，历史上的谁和谁，早已成为典范，要让我们说出身边的张王李赵，却变成了一件难办的事情。这就是说，我们的批评观里，优点和不足，个人的风格和时代的局限，还无法放置到一个统一标尺下进行衡量，大多数情况下是分而论之的。我们的意识里有一点还不是特别明晰，即一个作家，他的创作，其优点和缺憾是不可剥离的，风格即局限，这是必然要面对的情形。这就造成了理论上的铺陈和严格与具体批评时的放松和模糊，批评家的个人风范无法得到真正实现。当然，由于很多情形下，批评理论和批评实践分属于两类人群，这样的矛盾还不是令人无法忍受地存在于一个批评家身上，我们对此并不十分敏感。但真正的批评家，必须具有理论上的成熟准备，并能够将之付诸批评实践中。

三是面对文学经典与当前文本时的评判规则。传统的文学经典往往作为某种创作规则与艺术高度进入批评家的论述，当我们拿这样的经典作为精神的、艺术的高度要求当下作家作品，评价当下文学水平时，得出的结论可想而知是多么令人失望。然而在传统经典与鲜活文本之间，究竟存在着怎样的关系？经典作为一种创作标准究竟应当是一种心中默认的规范，还是应当时时追求的高度？这对作家与批评家来说，都是一种理论上的难点。在我不喜欢的批评文章里，有一种就是不论批评对象的具体情形，总要搬动《红楼梦》、托尔斯泰以及卡夫卡、马尔克斯来说事，拿我们不堪一比的货色去和文学经典比较。最后的结果，绝大多数当然是令人沮丧，也有时会得出不切实际、分寸失当的夸张结论。而且从文学理念上说，文学经典本身已经是高度公共化了的精神产品，很多情形下是理论都需要去就范的。拿这样的经典跟我们眼前的文学作品比较，还要摆出一比高下的语气，这样的批评是失当的，而且态度也无法做到真切。如果我们的批评家下笔时只拿少数已经权威化或神话化的经典作比，如何对待文学创作的鲜活性和现实可能性，这个问题回答起来会很困难。

批评家不应当是训导者，更不能认为自己掌握了文学的真理。因为我们和作家生活在同一时代，又是这样一个信息资源充分共享、高度透明，思想文化的生长点相对见少的时代，作家除了他们的体验，能为我们提供的新鲜思想和人生经验，实在很难称得上丰富和深刻。在这种时候，我们再拿文学经典来比，他们的作品还算是什么呢？正如波兰作家米沃什所说：“与我同时代的大多数文学并不能强化读者，而是弱化读者。”[①] 我情愿相信，他是站在“同时代”这个角度来看待“大多数文学”时这样说的。文学作品——那些被人关注的代表一个时代的文学作品——一旦问世，就会变成一个流动不居的活生生的事物，在不断被阐释、被误读的过程中，生发出越来越多的意义和内涵，让它的创造者作家本人都会愕然人们的发现。慢慢地，这些作品中的一部分，曾经被同时代的人不以为然的东西，会成为文学史上的经典。这样的例子在文学史上并不少见。有时候，我们以为只有意识形态才会造成对文学作品评价的时间误差，其实，社会文化的力量同样甚至更加本质地决定了这一点。对待当下的文学创作，我们真的还不能随意拿文学经典来比照，直将其比得面目全非，不堪一击。文学经典从来都是批评家行文时的参照系，但是否完全拿它们作标尺来衡量当下的文学并得出是与否的结论，这是一件需要谨慎的事情。

三、如何确立批评风格

每一位从事批评的人都有自己的喜好。对我而言，就是迫切希望能从阅读中真正发现可以言说的对象，渴望能够对一位作家的全部创作经历有所了解，在通读了他的所有作品后，以对话的姿态，阐释的角度，交流的心态，将自己的看法以批评的方式表

①《米沃什词典》，三联书店，2004年版，第101页。

达出来。我始终认为，批评家应当努力做好的就是两件事，一是面对文本进行条分缕析的分析，一是对批评方法、批评尺度、批评标准等问题进行深入思考。那些大而无当的理论体系研究，常常心怀不满的义气之争，在我看来并不是真正意义上的批评。批评家应当具有一定的哲学背景，而一个有哲学头脑的人势必比常人更具顿悟能力，他知道如何从现时的争论中超越出来，去探讨更具本质意义的问题。

今天，当“文学批评”代替“文学评论”而成为一门专业性很强的学科时，在我们经见了文学批评理论的诸多体系和派别后，对批评风格的追求就自然会成为关注的话题。自从蒂博代的《六说文学批评》介绍进来后，我们方才悟到批评原来还可以如此简易地分类，即所谓学院批评、作家批评、媒体批评，等等，而且每一种批评都被赋予了特殊的功能和一定的风格模式。这之后，关于批评分类的讨论在中国也时有所见。我们现在还不到谈批评家个人风格的时候，而只能从类别划分里找寻一些集体特征。结论又往往都是令人失望和不满的。如学院批评正襟危坐，陈规难破。媒体批评轻薄浮泛，不足采信，等等。话都是不无道理。不过由于面对的是一个相对模糊的群体，针对性自然就不会很强，说服力也大打折扣。

我这里所谈到的批评风格，是指一个批评家基于学识背景、文学趣味、理论倡导、批评目的而形成的个人风格。批评风格的形成会使批评本身也成为艺术的一部分，而不是文学的附庸。文体上的风格标识和文学上的修养、艺术上的偏好，都是构成批评家批评风格的重要因素，它比之作家风格的形成并不容易，某种程度上还要更难。我在文章开头提到的巴特和桑塔格，在一定程度上就是他们鲜明的批评风格令人折服，从而成为我们学习的典范。批评家个人批评风格的形成，在很大程度上会对批评的生存和发展产生影响。

首先，批评风格的形成，是挽救批评声誉的重要途径。当前，批评遇到的最大危机，是文学读者——说社会公众还谈不上——对批评的不信任。我曾从报纸上多次注意到，在对文学读者以及和文学有关的编辑、记者、出版人中间进行的调查中，大多数人对批评的作用不以为然，不管是热评还是酷评，总的说都缺少必要的力量和影响力。大家都在问同一个问题，批评家的话语能够影响读者的选择吗？然而引导、影响，说重一点是左右读者的阅读，应当是文学批评的基本职能。这种公信力的丧失对批评的生存构成了极大挑战。我曾在前面提到批评的力量正在加强，那是就“文学圈子”而言，批评的社会影响从根本上其实没有得到多大提升。改变这种局面的方法和途径有很多，批评家个人风格的形成，包括文体上的风格形成是很重要的因素。

其次，批评风格的形成，是考验批评家审美能力的重要砝码。中国现代文学史上的批评家当中，我们现在提到最多的名字是李健吾。李健吾的批评文字之所以为今人关注，不是他从批评理论上如何旁征博引，宏论天下，臧否人物，最重要的，是他活化了自己的理论，忠实于自己的阅读感受，把本应沉重的文字写得轻灵可感，沁人心脾。李健吾是印象式批评的大家。印象式批评本来是中国批评的重要传统，但是，由于批评体系和批评理论在当今的不断引荐，职称评价体系对所谓“文学论文”的刻板要求，导致批评家们，特别是学院派的批评家不得不摈弃感受力，强化学理性，把文章做得规模宏大，方正有序，而弱化了批评最

应具备的个人独特发现和艺术表达的风格追求。文学批评和文学史研究、文学理论探讨的界限模糊进而消失了，变成了一堆似曾相识、互相复制的八股文章，和心灵无关，和直觉无关，和才情无关。甲和乙，张三和李四，无法从文体风格上辨别出差异来。茅盾评鲁迅小说，李健吾谈巴金的创作，鲁迅作《魏晋风度及药与酒之关系》，不管谈论的对象是什么，都是上好的文学批评。因为他们不但有基于学理的论述，更有忠实于阅读的理解，并且能够用自己的语言方式表达出来。就此而言，今天的批评家除了学术功底、感悟能力的差距，在批评风格的追求上还缺少必要的自觉。所以我们只见理论术语操持的不同和声音分贝的差异，难以见出批评家个人审美能力的显现。

再者，批评风格的形成，是批评成为一门艺术的重要手段。文学批评不论中外，自古就有被看作是文学附庸的嫌疑。包括一些文学大家对批评的不屑言论我们早已熟知。批评的学院化趋向有可能导致它朝着学科化的方向发展，因为大多数中青年批评家正依托于学院生存。但批评本质上是科学与艺术的中间物，或者说批评既是一门科学，同时又是一门艺术。批评也应是缪斯中的一个。因为批评家不是叮在作家背上的蚊蝇，他在批评中表达着自己对世界和人生的理解。他掌握的理论武器，应当与作家赋予自己塑造的形象一样，包含着对待世界和历史的态度。批评是一门和心灵相关的艺术，它应当和艺术一起具有灵动的色彩和动人的景观。批评家不是专门家，不是掌握了一种技能的“专业知识分子”，批评家应当同时是艺术家，他看待世界的方式有时令作家艺术家羡慕不已。如同巴特坐在书房里眺望埃菲尔铁塔时的顿悟，桑塔格面对音乐、舞蹈和摄影时的思考，学识因艺术而生辉，艺术因学识而有力。在这一点上，我们的批评家还没有足够的认识，因此导致了他们在读者中，甚至在“业内”仍然不被看好的生存危机。

对于批评，我们每个人都有自己的理解，这是符合批评自身特性的。但对于批评眼光的强调，批评态度的探究，批评风格的追求，应当是当代批评家共同的责任。如此，学院的、作家的、媒体的批评，骂派的、热情的、冷静的批评，小说的、散文的、诗歌的批评，社会学的、文体的、女权的批评，等等，这些不同类别的批评，才能创造出一个共同的既有争论又能共存的生存局面，不断创造势力和扩大影响，让批评在学报里、报纸上和书店里占据应有的位置，显示出独特的魅力，展示自身的力量。

（原载《文艺研究》）

鲁迅的批评观

无论是现代文学研究专家还是文学批评家，都愿意称鲁迅为批评家。这个判断自然是不错的，以鲁迅《汉文学史纲要》《中国小说史略》的实绩，以他扶持同时代文学青年的热情，更以他毫不留情地驳斥自己周围的“文人”“学者”的执着，甚至，单以他《〈中国新文学大系〉小说二集·序》的细致入微和精彩点评，鲁迅的理论学养和批评眼光，足以称得上批评家的称号。但鲁迅本人关于批评的言论，却常常让人觉得他对批评并不那么看重。鲁迅对批评的重视，常常以表达对理想的批评的期待来体现，而他对现实的中国批评界却多有诟病和不满。

鲁迅对中国现代批评界的不满，可以列举许多言论作为证明。这些不满主要集中在几个方面：一是承认作家与批评家是一对天生的矛盾关系。“创作家大抵憎恶批评家的七嘴八舌。”“作家和批评家的关系，颇有些像厨司和食客。”(《看书琐记·三》)这里的“厨司”好比作家，批评家则为“食客”，鲁迅的比喻是，“食客”可以对“厨司”品头论足，但“厨司”却不能反过来说要“食客”自己来掌勺试试身手，也正因为这样一种关系，作家和批评家总是难以协调。二是批评家总不能做到客观，偏见仿佛是他们让人生厌的品质。“我每当写作，一律抹杀各种的批评。因为那时中国的创作界固然幼稚，批评界更幼稚，不是举之上天，就是按之入地，倘将这些放在眼里，就是自命不凡，或觉得非自杀不足以谢天下的。”(《我怎么做起小说来？》)“批评家的错处，是在乱骂与乱捧。”(《骂杀与捧杀》)鲁迅慎用“客观”“公正”等词语来谈批评的正途，但他直指现实中所见的“捧”和“骂”的批评，就足以见出他对批评现状的失望。三是中国批评界缺乏创造的致命伤。“中国文艺界上可怕的现象，是在尽先输入名词，而并不介绍这名词的含义。”(《扁》)“独有靠了一两本‘西方’的旧批评论，或则捞一点头脑板滞的先生们的唾余，或则仗着中国固有的什么天经地义之类的，也到文坛上来践踏，则我以为太滥用了批评的权威。”(《对于批评家的希望》)关于批评家“滥用”“权威”的问题，鲁迅在“厨司”与“食客”的比喻中曾进一步说道：“吃菜的只要说出品味如何就尽够，若于此之外，又怪他何以不去做裁缝或造房子，那是无论怎样的呆厨子，也难免要说这客官痰迷心窍的了。”(《对于批评家的希望》)这里实际上论及了批评的标准、尺度及批评的边界问题。

鲁迅理想中的批评并不在他所处的中国文坛，他声称自己选择外国的批评家为阅读对象，可能是为了表达对中国现代文学批评界的失望，这观点与他“少读甚至不读中国书”的说法相一致。“在中国，从道士听论道，从批评家谈文，都令人毛孔痉挛，汗不敢出。”(《文学和出汗》)“不相信中国的所谓‘批评家’之类的话，而看看可靠的外国批评家的评论。”(《答北斗杂志社问》)“但我常看外国的批评文章，因为他于我没有恩怨嫉恨，虽然所评的是别人的作品，却很有可以借镜之处。但自然，我也同时一

定留心这批评家的派别。”（《我怎么做起小说来？》）

鲁迅对批评现状不满，但他对批评本身的作用却从不轻视，他常以希望中的、理想中的批评来表达自己的批评观。关于创作与批评，他说过：“文艺必须有批评；批评如果不对了，就得用批评来抗争，这才能够使文艺和批评一同前进，如果一律掩住嘴，算是文坛已经干净，那所得的结果倒是要相反的。”（《看书琐记·三》）关于批评家的素质，他又道：“我们所需要的，就只得还是几个坚实的、明白的、真懂得社会科学及其文艺理论的批评家。”（《我们要批评家》）关于批评本身，他认为：“批评必须坏处说坏，好处说好，才于作者有益。”（《我怎么做起小说来？》）

对现实中的文学批评，鲁迅并非全无理解，甚至对一些关于批评的非议，他也会站出来说说反话。“以文艺如此幼稚的时候，而批评家还要发掘美点，想扇起文艺的火焰来，那好意实在很可感。即不然，或则叹息现代作品的浅薄，那是望著作家更其深，或则叹息现代作品之没有血泪，那是怕著作界复归于轻佻。虽然似乎微词过多，其实却是对文艺的热烈的好意，那也实在很可感谢的。”（《对于批评家的希望》）针对“圈子批评”（二十世纪八十年代批评界还有此说呢）的议论，鲁迅道：“我们曾经在文艺批评史上见过没有一定圈子的批评家吗？都有的，或者是美的圈，或者是真实的圈，或者是前进的圈。没有一定圈子的批评家，那才是怪汉子呢。”“我们不能责备他有圈子，我们只能批评他这圈子对不对。”（《批评家的批评家》）他也不是一味支持作家嘲讽批评家的言论，鲁迅曾说：“如果有人吵闹，有人谩骂，倒可以给作家的没有作品遮羞，说是本来要有的，现在给他们闹坏了。”（《推己及人》）这里的意思是，作家不能把自己创作上的困难推给批评家对他的“吵闹”甚至“谩骂”。

具体到批评活动中的一些现象，鲁迅常以冷静的态度剖析并表达自己的看法。针对时人胡梦华对汪静之《蕙的风》的批评质疑，鲁迅指出：“批评文艺，万不能以眼泪的多少来定是非。”（《反对“含泪”的批评家》）针对梁实秋《文学批评辩》中关于文学作品价值的观点，鲁迅指出：“只要流传的便是好文学，只要消灭的便是坏文学；抢得天下的便是王，抢不到天下的便是贼。莫非中国式的历史论，也将沟通了中国人的文学论欤？”（《文学和出汗》）他不希望把文学和艺术过分理想化，“以为诗人或文学家高于一切人，他的工作比一切工作都高贵，也是不正确的观念。举例说，从前海涅以为诗人最高贵，而上帝最公平，诗人在死后，便到上帝那里去，围着上帝坐着，上帝请他吃糖果。”（《对于左翼作家联盟的意见》）他反对在批评活动中空对空地论争，“我想，在文艺批评上要比眼力，也总得先有那块扁额挂起来才行。空空洞洞的争，实在只有两面自己心里明白。”（《扁》）对各种花样翻新的吹捧式批评，鲁迅也是一针见血地指出其可笑处，而这些现象在今天的文坛其实也并未绝迹，甚至还有蔓延之势，鲁迅的言论因此令人深思。“因为自序难于吹牛，而别人来做，也不见得定规拍马，那只好解放解放，即自己替别人来给自己的东西作序，术语曰‘摘录来信’，真说得好像锦上添花。‘好评一束’还须附在后头，代序却一开卷就看见一大番颂扬，仿佛名角一登场，满场就大喝一声采，何等有趣。”（《序的解放》）虽是杂文笔法，却道出了中国批评界至今仍然不能去除的一些病根。

其实，鲁迅是不是批评家并不重要，重要的是他关于文学批

评的许多言论至今仍然有效，虽是针对自己所处的文坛，但问题的实质却好像今天仍然时有显现。鲁迅的批评观散见于他的各类文章中，这里所取的，只是他直接以“批评”的名义所发的议论片断，从中感受一下鲁迅对文学批评的理解，这对我们今天认识和加强文学批评建设，应是大有裨益。

（原载《文艺报》）

让批评成为一种力量

在文学领域里，批评的位置最为模糊，她或者被人视为高高在上的指点者，或者被认为是跟在文学后面亦步亦趋的追赶者。对于批评的尊敬远不如对她的不屑和不满那么多。即使在批评家内部，批评的作用和地位也是大家常常怀疑并要说三道四的。“叮在牛背上的蚊蝇”，“一钱不值的废话”，“恶意的棒喝”，“无聊的吹捧”，几乎是文学批评不可能完全抛弃的代名词。批评是在骂声中成长的，当一个批评家为了证明他自己的批评才是真知灼见时，把同行的文字扫地出门几乎成了一种修辞手法；“我不在乎他们怎么评价我”，“没有什么真正的批评家”，又是一个作家面对批评的冷遇与质疑时最有可能使用的回应方式。

然而，在当下中国文坛，批评日益显示出她不可替代的作用与力量。文学批评家在事实上正在发挥着越来越大的作用，这种作用未必是创作方法的教导，也不一定是对作家作品地位的权威确认。但在文学正在与市场结盟的今天，能否进入批评家的视野，成了作家作品能不能很快为读者接受并迅速获得其“利益”的重要因素。谁的作品能够浮出水面，在书店里行销，在一定程度上取决于受批评家关注的程度。在业余写手成群结队地涌入作家队

伍的潮流中，谁能够被引入主流行列，成为一种公众认可的新生力量，很大程度上也取决于批评的确认。

批评在当下文坛的力量可以从几个方面得到证明。在作家作品研讨会上发言的是批评家，无论研讨会这种批评方式多么令人生疑，但它已经是文学与媒体自然嫁接的直接途径，作家和作品的名字想要进入媒体通道，研讨会的仪式可能是一个最好的由头；选编文学年选的“主编”是批评家，大约有三五年时间了，各类体裁的“年选”往往是年头岁尾里最热闹的文学景观，而且版本之多，已令读者无所适从，令业内人士眼花缭乱，选择和被选择以及主编“序言”里的评价，成了不可忽视的定位；为创作走向作“月评”“季评”“半年观察”的是批评家，他们理所当然是这种工作的操作者，对谁的创作进行评论比如何评价更显重要，因为他或他们因此会成为一个时期或一种创作现象的“代表性作家”；参与评奖、主持“排行榜”的大多又是批评家，以各种名义设立并不断促生的文学评奖活动中，批评家拥有更多的发言权，因为他们通常被认为是最熟悉作家与创作的人群。除此之外，批评家们正在加入到更多的文学筛选活动中，即使如长篇小说这样的创作，批评家们能做的也不仅仅是出版后的阅读与评论，他们常常以“丛书主编”的名义，集合相关的作家，搜寻相应的作品，直接参与到这些作品的生产与制作中来。以他们的名义来集合作家和出版作品，事实上存在某种暗示，即这些作品已经接受过一轮批评的检阅。

文学批评出现的这些新功能，在令人怀念的二十世纪八十年代并没有得到充分体现。如果说八十年代的批评家更主要的是以“理论先行”让作家怀有敬意的话，今天的批评家手中却有了更多的武器。批评从来没有像今天这样显示出强劲的力量。在骂声与互骂、质疑与自我质疑中，批评家们正在拥有前所未有的底气。虽然不能说文学批评执掌着文坛的牛耳，但批评的地位正在受到抬举。也正是在这样的前提下，批评的尊严、批评的责任就成为批评家必须认真对待的问题。批评即选择，这几乎是人所共识的道理，批评家如何利用手中之笔，引领文坛风气，这是批评的责任，也是批评家从未有过的殊荣。当下文坛，其实已经不存在什么媒体批评、作家批评、学院批评的分野，只有职业批评家的发言才会引起人们的重视，专事批评的人可以合作的对象。批评家可以利用的平台，可以发挥的空间越来越多、越来越大。如何让批评文字成为可读、可信的声音，确保批评的权威与信誉，这些基本的职业操守比起理论观点的不同，批评旨趣的殊异更显重要和迫切。批评家们应当合力打造一种力量，彰显批评的话语权力，成为当务之急。文学创作的手法越丰富，文学队伍的构成越复杂，文学生产的途径越多样，批评的整合作用就越突显。让批评成为一种力量，这是文学的需要，也是批评本身的题中应有之意。

文学研究的分野与批评的理想景象

改革开放三十周年，各行各业都在回顾总结，成就、经验，历程、难题，满眼都是轮廓式的概括。新时期文学同样走过一段不平凡的道路，线性的描述、专题的回顾，缤纷的人物、耀眼的作品，迭起的思潮、炫目的术语，让人看得眼花缭乱。我不觉得自己还能拿出什么新鲜话题可以汇入这一热烈的洪流当中。但从事文学批评二十年，也见过许多潮起潮落，追踪过一些风云起伏，为好作品拍案叫好有过，捧着外国理论生吞活剥也有过；在聒噪声中表达过忧虑，也在热浪中跟踪过潮流；对不认识的作家说过敬佩的真话，也为相识的文友努力找过赞词。到今天回头一看，得失真的难以用一语说清。大的话题说不出也不想说，想就一个小问题谈一点感受。

我认为文学研究应该分野。这一想法是基于对文学批评现状的思考。

文学批评是“第九个缪斯”，这样的认识是从古希腊时代就有。文学批评应当处在艺术与哲学的中间地带，批评家未必一定要有自己的创作甘苦才能评说别人的创作，但批评家一定要有以良好的艺术感觉敏锐地捕捉创作动向的能力，有清新灵动的笔触，才能在批评领域真正有所作为。而批评家又不是完全靠感性表达看法的读者，他要有文学史的常识，有文艺理论的准备，批评大家还常常有哲学、语言学的背景。批评在一定程度上是个悬置物，她处在感性与理性的中间地带。批评家不一定必须要在一篇文章里尽显自己的理论学说，因为批评的对象通常是当下文坛最鲜活的作家作品，批评家可以不客观地评说，可以把个人好恶适度地在批评活动中加以表现。但他的个人好恶又必与自己的学术准备相关联，是从他的长期训练中生发出的一次述说。批评的妙趣就在这样一种艺术感悟和理论阐发的融合中体现出来。好的批评文章总是能让人感觉到艺术长河、文学星空的存在，又能让人读到批评家对具体的一个作家、一部作品的精妙发现。如果一个批评家在其批评活动中让我们看到这样一种融智慧与才情，将当下的文学现场和个人认定的“创作规律”结合起来，批评的乐趣，批评独立存在的空间才能让我们体味到。

新时期以来，文学批评走过了既有轰轰烈烈又不无沉寂和尴尬的历程。二十世纪八十年代初的时候，文学批评界先是热衷于各种理论的引介和讨论，特别是“新三论”的热闹，那些理论多大程度是和文学有关的以及是否必需，似乎并没有引起论者们关心，它们在西方文艺理论界的来龙去脉也没有人细问，大家只是觉得，用这样一种“学术”的、“工具”性的理论来谈文学，充满了好奇和新鲜。但这样的热潮并没有扎下根来，面对作家作品的文学批评，仍然是以“中国式”的方法进行着，比如对各种新起的文学思潮和创作流派的评论。八十年代涌现出的很多中青年批评家，发表过许多让人耳目一新的批评文字，无论是讨论文学批评本身的功能、作用和特质，还是评论新起的作家作品，批评

的力量和魅力是新时期三十年中最强劲的一段时间。可以这样说，“当代文学”作为一门学科在那时的高校里还并不成熟，有资格以当代文学为专业做博导、专家的也比现在要少得多，中国现当代文学的“百年历史”还没有打通或被“综合”，批评家们因此保持了一些与文艺理论研究专家、文学史研究学者不同的读解文学作品的方式和作文风格。

这个看似并不深刻的话题如果能够成立的话，我对当前批评的状况判断和建设意见里就有一条：文学研究应当分野。“分野”这个词的引申含义，就是指事物的范围、边界。三十年来的文学批评发展到今天，人才队伍更加壮大，批评阵地也足够使用，批评家与作家的密切程度更高了，我们完全有理由认为，文学批评并没有出现人们担心的寥落景象，它的“学科性”更强了，研讨会也罢，“整版评论”也罢，批评家和作家的关系更为紧密了。但批评却并没有因此树立起应有的威信，而且诚信问题正在成为制约其影响力和可信度的重要因素，这可能正是批评在其发展道路上遇到的真正难题。关于批评的诚信问题，创作界、读者以及批评界内部都有过很多诟病、剖析和讨论。批评的品格常常被提出来质问。这自然是必要的警醒。但我认为，真正要让批评成为一种独立的创作门类存在，还应当在学术边界、批评的功能、批评的特质上多加修正，而不是简单地放归到“诚信”一语上加以表态和慷慨陈词。我也因此想到分野这个说法。

文学研究的分野，首先要划分出文学批评与文学理论研究、文学史研究的区别来。批评不应当在学科建设上等同于后两个领域。关于这三者之间的同异之处其实用不着我在这里多言，那是完全不同的“专业”空间。我以为当前批评界有一个问题没有理清楚，就是把这三类从业者都视为批评家，所以导致貌似“同行业”的人们互相怀疑和指责。如理论家认为从事当代批评的人不够严谨、系统，追踪当代文学创作的批评家又认为理论家们的高深研究多属高头讲章，枯燥无味。文学史专家认为作家作品评论缺乏文学史意义，关注作家创作动态的人又觉得不能拿文学史的“律令”约束创作的活力。其实，这还不是最差的情形，由于缺乏自觉的分野，很多时候，人们会用同一把标尺来衡量不同的治学领域，直接导致理论研究忽轻忽重，时深时浅；文学评论又越拉越长，刻板规整，缺少灵气；文学史编撰向当下妥协，“史”的界线越写越近，失去文学史应有的审慎和严格。

由于今天的批评家很大一部分集中在高校和科研院所，学术评价体系与研究个人趣味之间造成的鸿沟很难填平，要么引起意见冲突，要么只能导致更多个体委屈就范。早在大约十多年前，我就听一位，其实只是在地方普通院校从事教学研究的学者朋友说，由于学校严格将学术刊物划分等级，他在《读书》杂志发表的文章也不能算作学术成果。我听了后十分诧异，以《读书》杂志新时期以来积淀下的名声、作者阵容和在学界的影响，我的这位教授朋友能在上面发表数篇文章应当是学术眼光、研究能力、写作水平的很好证明，可这并不能为他带来一点实际的好处。究竟是谁的问题呢？就是最近，一位在某著名高校任教授的朋友说，即使是获得鲁迅文学奖的理论批评奖，在他们那里也不可能在学术评估过程中得到任何加分机会。我更多的时候是为阅读理论文章时感受到的不严谨而疑惑，但听闻某些评价体系的过于“严格”和不通融，同样让人觉得无可奈何。

批评必须有学问作基础，但它本身是否等同于学问家的学

问，这还是需要讨论的问题。“五四”以来，我们公认的现代批评大家，如鲁迅、茅盾、李健吾等人，首先是著名的作家、戏剧家，又有着深厚的中西文化学养。如鲁迅对中国小说史的梳理、茅盾的古代神话研究，以及包括李健吾在内的翻译成就，等等，他们是非常严谨的学者。但作为关注同时代作家创作的批评家，他们的批评又展现出另外一种风采。面对活跃的文学现状，阅读同时代作家的作品后进行品评，他们的批评文字也同样是鲜活、灵动，其中让人读到的，不是严肃的论述和理论高调下的归纳，而是体现着对作家的感情，对艺术的敏锐，眼光、态度，认知、质疑，让人读来亲切可感，即使我们对批评对象所知不多，但仍然可以从他们的批评文字中得到启示，获得教益。鲁迅评叶紫、柔石、殷夫等人的创作，他的《〈中国新文学大系〉小说二集·序》，茅盾评鲁迅小说，李健吾评巴金创作，都可以说是中国现代批评史上的典范之作，他们的批评文章有时甚至可以当一篇散文作品欣赏。作为更为“职业”一些的批评家，李健吾的批评文字为后人更多评说，对当代批评家更具参照价值。他轻松灵魂的笔触，直指要害的穿透眼光，优劣得失的中肯评价，率直与坦诚的对话姿态，让人感受到文学批评独特的魅力，读他们的批评文字，真正让人知道为什么批评可以称得上或应当是艺术天堂里的“第九个缪斯”。

可我们还要回到现实中想想，为什么前辈大师的批评文字可以那样令人心动，而我们今天即使是写一篇关于李健吾批评风格的文章，也必须符合要求统一的“论文格式”，比如“关键词”的提出，引文注释的必需和罗列，字数的规模甚至文章的结构，等等。批评的特质还如何能够得到体现？而论文发表的期刊“级别”，著作出版社的“规格”等指标，更让批评的当代性、灵活性失去保持和彰显的机会。

其实，对以上问题早已受到很多身处其中的学者们的质疑，但在权威的、庞大的学术评价体系面前，这些问题的发现和指出不过是一篇杂文的素材而已。对此重大的命题，不是我们能评价和修改的。就当代文学批评而言，我觉得至少有些“分内”的话题可以讨论。如当代文学在大学中文系的设置，作为文学史的“当代文学”是否应当和其他以经典作品构成的文学长河等量齐观，当代文学的研究成果是否应当有“格外”的评价标准，文学理论、文学史、经典作家作品的研究和当代文学作家作品的评论，是否能够在学术标准上有所区别，应当由从事这一职业的批评家和学者提出或发出呼吁。从可行的角度讲，应当有效地将文学理论、文学史研究同当代文学研究与评论进行分野。当代作家作品评论应当以“小文章”为主体，应当将批评家的艺术感觉、追踪热情以及对文坛现状的熟悉程度视作批评才能的一部分指标。对相关领域的“研究成果”，不能完全套用其他学科的评价标准来衡量。批评另有它的生命力。其实，一个显而易见的事实是，在当代批评界，有人以理论研究见常，有人专注于文学史研究，也有人活跃在作家作品的批评活动中。将这样的一群人都视为同行，因学术特性与兴趣差异而做出成就高下的评价，有时显得很不合理，也使当代文学批评在很大程度上丧失了应有的活力，成为教材写作的某种延伸，让人望而生畏，对作家创作失去引导力和启示作用，无法进行真正的沟通交流，从而在深层次上影响和制约当代文学批评的发展。

这只是一个并不那么学术的小问题，而且我最终也不敢和

无法给出有说服力的答案。但我自认为问题本身是存在的，值得言说的，如果能引发一点讨论，从而推动文学批评理想景象的呈现，那一定是深有意义的。

（原载《文艺研究》）

批评短论20则

新批评的危机

如果我们有真正意义的新批评，我以为在它刚刚形成势力之时，已经存在某种危机。

我们缺乏严肃、系统的批评理论，缺乏历史延续的文学批评，无法从根本上、从理论上显示它与传统批评的本质不同。我们的批评从阵容、从气势上的确今非昔比，跃进的速度常常令许多当事人目不暇接，但有一点根本没变，这就是，它始终以追逐文学潮流为主要目标。这证明，它自身仍然游离于文学之外，又因为它缺乏成熟的哲学观念的支撑，而不能成为一种独立的体系。我们引进了不少西方成果，我们也制造了许多属于自己的批评术语，但到现在，我们的批评仍然是短期性的、实用性极强的临时产品。我们最大的爱好是为作家作品划分类别，按照类别封闭研究；我们的第二爱好是为短期文学现象划代，按代划分，将繁复的、绵延不断的文学潮流割断，非常轻松地将各种好听动人的桂冠加在他们头上。伤痕文学、反思文学、改革文学、寻根文

学、现代派文学、先锋文学，是一种类的划分，又是史的描述。几年前还热烈讨论的问题，今天已经过时生锈。批评观念的更新同文学潮流的更迭几乎完全同步。这当然不无合理之处。但回头来看，批评整个的是一个气喘吁吁，抬头仰视，大汗淋漓的追逐者形象。到现在依然跟在作家尤其是小说家后面亦步亦趋。今天的批评比起新时期伊始，当然要成熟许多，但有一点似乎依然没变，这就是以一种方式来对待一种文学现象：对伤痕文学，用的是历史批判；对改革文学，用的是现实针砭；对寻根文学，用的是文化人类学，对现代派文学，用的是个性主义，对实验文体，用的是语言文体理论；对时下的先锋小说，用的是生命哲学。角度几乎完全一样，用语大同小异，只是定性略有偏差，桂冠的辉煌度稍有不同罢了。我们意识深处，总是要归结它们的杰出之处，所以，我们总是满足于寻找作品本身所表现出来的那点东西，很少从它们所缺少的地方打开缺口。试想，如果从语言学角度研究伤痕文学和改革文学，结果会是如何？从历史批判、现实针砭的角度来研究实验小说、先锋文学，我们又会得出何种结论？

注意当前批评的人都会发现，批评正陷入一种窘境中，由于纯文学的圈子越来越小，文学发展本身的疲软和低谷状态，批评正面临着对象的匮乏和消失的危机。翻开时下的批评刊物，似乎泱泱一个文学大国，所剩作家，仅几个刚刚闯入文坛的“少年先锋”，这些作家，更多的不是因为其作品的轰动效应，而是因为被批评家提到的频率而为人所知。他们为数不多的几部作品，被饥渴日久的批评家匆忙地扣上各种光怪陆离的帽子。更多的人满足于排列“新潮作家”的作品。批评家的理论准备成了烂熟的而又互不相通的经文，少数几个先锋作家似是供人敲打的木鱼，被人传递，不知所云。

多少年来，我们对文学发展的观念其实根本没变，这就是，新事物的产生是以旧事物的完全过时和失败为标志的，我们很少真正承认，文学是多元的，是互相补充和共存一体的。所以，我们的文坛总是新作家新作品很多，而同时又总是过时的东西太多，昨天还被人称为“划时代”的作家作品，今天已被视为隔日黄花。一群信心十足的批评家将几个“少年先锋”圈定起来全力角逐，为他们的每一次出击振臂欢呼，到最后，又将名称和高度一致的桂冠封在他们头上：“新写实主义”“第三代小说”“真正的先锋”“当代中国唯一懂小说的作家”。新潮小说成了美式快餐，一出即被人消费。当读者刚刚进入阅读，甚至还未阅读之时，已经看到这些作品上的各种胡涂乱抹，“故事的重构”“阅读的破坏”“语言的自觉”“生活的原色”令人望而生畏。于是，我们有了许多陌生的“著名作家”和闻所未闻的“经典之作”。

我以为，没有必要痛斥我们的时代浮躁，那会使我们更加焦灼不安，对批评来说，或许应当思考一下，我们究竟将走向何方。批评的功能难道仅仅是追逐新潮吗？

批评现状管窥

当代作家如何显示自己作品的价值？一个重要的标志恐就在于，看它是否或在多大程度上接受了批评家的批评。当文学批评逐渐摆脱政治棍棒和捧场者的境遇后，也即是说，在文学批评走向自觉，使自身同时成为一门艺术后，批评活动就在更大程度上接近并深入到了艺术的本体之中。这样，文学作品能否被批评家

作为批评对象选择，进入批评领域，自然成为测试自身价值程度的一个重要衡量器。这是批评的骄傲，批评在恢复名誉、获得自由后，显示了它前所未有的重要价值。但是，也许正是这种自由权利的获得和独立价值的体现，又使它自己或多或少地陷入了一种被动选择的困境之中。

“批评即选择”，然而，被动的选择绝非自由的选择。在当代文学批评中，有不少批评家常常处于这种被动选择的境地之中。一些明显的事实足以证明这一论断，在不少期刊中，往往暗示着这篇作品的特殊待遇。我们无意在此全面评判这种批评方式的必要性与价值程度。但是，有一点是非常明显的，这种作品与批评同时出现的事实告诉我们，这里的批评具有一种少有的“超前性”，即这种批评活动在批评对象进入流通领域之前业已进行，这种面对“手稿”进行的批评，我们很难认为它是批评家自我选择的结果，这种批评活动得以进行的根源，也很难说是真正基于审美的判断。在很大程度上，是作品的创作者至少是编辑部门选择了批评，这时，批评家更多地是非文学地领会了批评的基调和准则，这种“有约在先”的批评活动，其科学性和准确性如何，便可怀疑了。

目前，我国当代文坛，期刊林立，书目繁多，在这一片文学之“海”中，自己的作品能否游出“水”面、引人注目，对于大多数作家来讲，是甚为关心的问题，于是，不少人不惜自己寻找、调动批评家的“鱼竿”，借批评来“打捞”自己的作品。批评家的这种“受贿”行为，使它自己失去了自由选择的权利。我感到，我们的文学批评中，有不少批评家在从事一种默认了的“恩赐式”批评。这样，对不少作家来讲，最为关心的，就不是自己的作品被如何批评，而是能否被批评接受，在这里“批评即选择”变成为“选择即批评”。作家追寻批评，批评在被动选择的同时，又左右着作家的创作，由此形成当代文学中的“怪圈”，文学批评的这种处境和风气不能不令人担忧。

形成这种局面的原因当然是多方面的。其中就包括各种创作奖励的“专家鉴定”原则，以及在此之前已经进行的“选刊”形式的筛选。这样，对于作家作品来讲，一个批评家或编辑的好恶态度远胜于一千个普通读者中引起的反映，读者的态度不必多虑，重要的是能否获得少数批评家的赏识。由此，批评家对待批评对象的态度如何，就成为一个至关重要的问题了。

对于作家及其作品来讲，批评家同广大普通读者一样，是“旁观者”和“局外人”，不过，他们是众多读者中的有识之士，如果批评家自动脱离读者的位置，同“卖瓜的王婆”一起叫好，他就会失去一般“顾客”的信赖。在他的叫好声中，其真诚度和可信度是令人怀疑的，批评因此就或多或少地失去自身的意义。批评要想摆脱这种失去信赖的困境，至关重要的，是批评家的自重。

批评的联想

对于我们今天的批评家来说，再也不用对批评的命运过多地担忧了。他们可以径直对批评的方法和批评理论进行多方面的高深的追求与调整，批评正在逐渐成熟，并使自己本身成为一门艺术，使批评家与文学创作者们一起共享艺术的乐趣。然而，批评所经历过的诸种遭遇以及由此遗留下来的历史痕迹却使批评在名

誉上与价值上似乎永远无法与艺术创作完全等同。

偶尔翻阅英文词典，我发现一个颇有点微妙的、讽刺意味的现象，在英文“批评家”（Critic）一词中，几个不同词典的注释大都有两个含义：（1）文学、艺术等的批评家、评论家。（2）吹毛求疵者、非难者、爱挑剔的人。把批评家同以上诸种角色放置于同一词条下共同使用，我想，这绝非偶然的巧合，批评从它产生的那一天起，即蒙上了不被理解、出力不讨好的阴影。批评家作为对当代文学艺术敏感的发现者和发言人，常常受到来自社会各阶层甚至包括艺术家们的指责。对于许多作家来讲，他们或许能够容忍艺术理论家不切实际的抽象理论与文学史家对文学历史的褒贬评价，但对于批评家对当代文坛中作家、作品的批评却经常持一种怀疑甚至抵触态度。批评家区别于理论家与文学史家的重要之处，在于他们是同当代作家打交道，一个纯正的批评家除了自己理论素养的提高与艺术感觉力和发现力的训练外，还必须排除来自文学以外的诸种干扰，这样，吹毛求疵者、非难者，等等，就常常被加在批评家的头上。我们早已熟知有关托尔斯泰等大作家对文学批评的藐视。“片面的深刻”虽能使自己的批评深化但也会因片面本身而遭到非议。批评活动需要艺术感觉，但同样需要理论上的分析、比较和评价。然而，对于艺术品的任何一种理论总结，都是艺术创造者和一般接受者所排斥的。批评家就常常处于这种“二律背反”的困境之中。

批评的出路何在？批评发展到今天，包括中国当代批评在内，批评家们开始放弃了对作品价值褒贬判断的批评方式。他们发现，任何一种价值评判，都会使自己的批评活动遭到非议。现代批评家开始追求使用一种中性的语言，运用阐释、分析的方法从事批评。现代西方出现的“结构主义”“原型批评”“形式主义批评”等诸种新的批评方法，自然有其复杂的理论背景。然而，从总体倾向上看，我以为，这是文学批评不得不做出的一种选择，他们或许想以此来逃脱自身的困境，摆脱与作家、读者的无谓纠纷。在当代中国批评界，阐释性批评以及文体批评的兴盛，也暗示着批评家们在寻求新的出路。有的批评家从另一条途径摆脱困境，他们仍然坚持社会学批评，但他们再三强调，他们从事批评，目的不是为了评判作品的优劣，而只是借作品发表他们个人对文学甚至人生的看法与态度，所谓“借别人的火点的烟”而已。总之，如果英文词典中的讽刺性安排不是纯粹的偶然巧合，相反，如果暗中有把二者等同相连的意味的话，我觉得，我们今天的批评家所做的一切努力，无非是在做着摆脱困境、寻求理解、恢复名誉的工作。当然，这种努力，也许正是批评自身的性质，而不能纯然视之为批评前之批评。

无论如何，我们今天的批评家是值得庆幸的，当代批评已经显示出它自身独特的价值，在当代作家把自己的作品能否被批评接受当作自身价值判断的标准时，无论这种心理是否完全正常，我觉得，它必定证明批评的确成为当代文学不可或缺的组成部分了。抽象地这样讲，也许过于空泛，同样是英文词典的注释给了我这一启发，无论如何，以上出自《朗曼当代英语词典》和《现代高级英汉双解词典》的注释，承认了批评家与“Critic”一词的对应关系。而在出版于1978年初的《汉英词典》中，根本就没有“批评家”这一词条（中文的），而英文“Criticize”这一应包含批评、评论在内的动词的注释举例中，却无非只是“批评错误和缺点”“批评与自我批评”，等等，文学批评完全被融汇到庸俗政治中去了，这也许暗示着中国当代批评家在新时期以前的命运。

误读与新解

当代西方批评理论因其对批评困境和批评纠纷的摆脱，从而使以往的批评理论成为传统。我所指的是，我们不要仅仅在物理时间的概念下去理解当代批评的“当代性”。

当代批评理论至少在两个方面为批评摆脱自身的困境做出了实质性的贡献，其一就是后结构主义者罗兰·巴特在尊重本文的基础上提出的“作者死了”的惊人口号，这一口号试图从根本上摆脱作品创作者对批评家批评活动的限制与困扰，否认作者意图对作品意义解释的权威作用。将作者创作意图对作品意图的表白降格到众多解释中的一家之言，批评家不必仰人鼻息，看作者眼光行事，向作者意图靠拢，将作者对自己解释的正确程度视为自己批评意见的正确程度的最高标准。这使批评从附庸的地位中解放出来，使文学批评同文学创作一样，成为一种独立的写作行为。

当代批评理论的另一贡献，我以为即是阐释学批评及读者反应批评同样基于本文理论提出的“所有的阅读都是误读”的理论主张，我以为，这一理论口号的惊人程度与前者相比毫不逊色。

误读理论的提出自有其一连串的理论根据。伽达默尔沿着艺术体验理论逐渐推导，提出作品及本文具有生存转然能力。作品的意义随着历史和时代的发展与不同，在不断产生新的内涵，而读者或批评者的理解总受着自身历史环境和文化氛围的影响，从而对作品意义的理解不但是多样的，并且所有的这些解释都具有自身特定历史文化环境所决定的局限性与偏狭性。伽达默尔的历史贡献不是对这种差异的发现，而在于他对这种差异的肯定。传统批评同样意识到了这种差异但他们所努力的目标，是寻找一个合适的途径将已有的理解与解释归于统一，借以消融差异。这样，批评的工作就更大地成了批评家互相之间的商榷乃至攻击，他们各执一词展开辩论，虽然争鸣会使认识有所助益，但同样也会因据理力争，使争论双方将自己的观点推向极端（同样也可能将对方的观点推向另一个极端）从而无法实现初衷，找不到正确、客观的结论。批评的这种差异争论经常是不了了之的结果，引起了人们对批评的作用和功能的怀疑，也使批评家大伤脑筋，陷入失去自信的困境之中。

当代批评与传统批评的根本区别在于，前者将文学本文视为具有生存转换力的生命体，而后者将其视为固定不变的实物，前者将批评视为历史的批评，承认批评结果的相对性，后者则将批评想象为一劳永逸、追求绝对真理的活动；前者将批评的差异视为理解的不同，后者则努力在差异中判别孰优孰劣；前者将批评视为一种意义阐释活动，后者则把批评的功能强调为作品价值的优劣判断；前者将批评实践当作“视界融合”的过程，后者则是在否定别人的基础上确定自己的新解。依据后者的理论，对文学本文的阅读首先是从属性的，其次就是，阅读的目的就是正确理解以作者意图为主的作品的客观、确定的意义与内涵，不能把握住作者意图或阅读理解与作者意图相抵牾的本文阅读，是一种不恰当的、需要纠正的阅读。更主要的，它是一种没有读后发言权即批评权利的阅读。而依据阐释学理论从事的阅读，是一种宽容的阅读。它承认理解中差异的合理性，它把阅读视为文学创作活动过程中的有效和必要环节，它认定只有被阅读的本文才是真正意义的、活的本文。因此，它滋生出两大批评新理论：接受美学（欧洲）和读者反应批评（美国）。他们认为，既然本文具有永久性的意义，既然它具有生存转换力、随机性、装饰性的特征，而且既然读者阅读必然受到历史和文化环境的制约，那么，阅读理解的多样性即差异性不但是必然存在的事实，而且更重要的是，它是一种合理的现象。可有的阅读都不过是误读而已，误读，并非是理解的错误，而是指理解的局限，不是指理解的风马牛不相及，而是指理解的相对性。它不是低估了阅读的作用，而是解放了阅读的自由属性；它把阅读视为本文意义实现的必要环节，是对阅读地位的根本改变；它承认和肯定了阅读理解的多样可能，就为批评新解的出现创造了必要和充分的前提条件。因此，在此之前，它已将本文的所有权和解释权从作者手中夺了回来，交给形形色色的读者，或者更彻底地，它让读者参与了作者的创作过程。这样，阅读没有了偶像，阅读就获得了自由，于是，“一千个读者就有一千个哈姆雷特”，阅读者在阅读中获得了心灵上最大满足，阅读者在“误读”之后会得出灼灼闪光的关于作品意义的新解。“横看成岭侧成峰”，误读式的阅读看来实在是阅读中的较高境界。是的，我不能说它已达到了最高的境界，因为，如同所有“当代性”的东西将归之于传统一样，当代批评理论也势必将被未来的当代理论超越。

然而，按照阐释学理论，超越是不存在的，存在的只是差异。

但愿所有的误读都意味着新解的出现。

批评的空疏

忽然有一天，我发现批评是一种无聊的职业，几乎所有的批评者都将眼光盯在极少的几个陌生作家身上。这些作家更多地不是因为其作品，而是因为被批评者提到的频率而为人所知，批评的职能似乎简单化为一种举荐新人的专门渠道，理论家们挤满了大脑的新名词一夜之间堆积到这新名人的门下，使人感到结识其作品的恐惧。一大批陌生的名单象新当选的政治要人，按某种顺序到处出现，不只是先锋的青年学子，即使是一些中老年批评家，也一样在口中、在笔下咀嚼这些名字，似乎像政治表态一样，提及这些名字总意味着什么，观念现代？信息灵通？权威认可？留心文坛动向的人都会发现，不知从哪天起，一张名单像日常用品的名称或不可缺少的专有名词一样，到处出笼，余华、苏童、刘恒、格非、孙甘露……不一而足。不知为什么，看见这些名字，心中总感到一种小不舒服，一种欺世盗名、极度空虚或故作姿态的印象。众多批评者围绕在他们周围嗡嗡乱叫，即使其中不乏有真知灼见和深切感受者，也在一片嘈杂声中被无情淹没。问题不在于这些名字不能提及，而在于大多数人都不是深入具体地分析和阐释作品，却是仅仅满足于排到这些名单，并把那些动听而惊人的桂冠过早地安置在他们头上。余华们的小说像“变形金刚”一样任人拆散、组合，变出无限多的花样，“第三代小说家”“故事的重构”“语言的障碍”“叙述变调”，让人无所适从。

我敬重先锋作家及其作品，我理解纯文学的超前可能引起的

知音渐稀，我甚至能够理解先锋作家由于急于探索带来的稚拙、造作甚至故作高深。但我害怕读到与此相关的批评文字，因为不少批评者不但立论过大、论证空疏，无责任地将一顶顶辉煌的头衔封给这些作家。甚至有不少人，一方面惊呼中国文学的“伪现代”，列举它与世界文学的遥远距离，而同时，却又围绕在几个刚刚闯入文坛的“怪杰”周围唱着严肃的赞歌，让人不知其真意何在。

在今天的中国，从事文学，尤其是写小说成了一件非常为难的事情，公众的娱乐视线四处转移，作家的声誉越来越被圈在一个很小的圈子里。而在当今，职业和非职业的批评者比以往任何时候都自以为是，他们对所有新出现的作家作品苛刻选择，而且这些操纵文坛舆论的批评家们，很自然地利用了批评的功利作用，抬高或压低某些人和另一些人的文学价值与艺术地位。选择的范围越来越古怪。最后，整个文坛就剩下几个或十几个初来乍到的“少年先锋”，被批评者们圈起来角逐，以为他们的每一次漂亮和不漂亮的出击振臂欢呼。最后，一律向所有参赛者颁发名称和高度完全一样的“奖章”：“第 × 代小说家”。

我很害怕，自己还能否或是否应当成为其中一员。

怀念批评

在所有的文学观念里，我最痛恨的是把文学批评视做是对某些文学样式进行亦步亦趋的评说，无论这种评说是无聊的吹捧还是有聊的求疵。批评长期以来所受到的不公待遇常常源于人们对它的偏见。批评不是一种工具，更不是附庸。在所有的文学形式中，批评应当是最具对话能力和对话色彩的，而且从根本上讲，批评与其读者之间所进行的，本应是最公平的对话。

然而这一切在远未开始之际即已停顿，批评面临在沉寂中僵死的结局。所有的理论都荡然无存，批评的规则在尚未建立之际已经不再成为话题。只有随意的涂抹和空洞说教填补着可怜的印刷版面。钟情于批评的学子们渐渐冷落下来。就连一知半解、生吞活剥的学术对话也不复存在了。这是时下中国批评界的最大悲哀。

只有批评可以直接沟通艺术与哲学，批评家的智慧色彩比之作家更易得到充分的发挥。伽达默尔的阐释学为批评寻找到了切实可靠的哲学背景，也为批评家建立起清澈透明的全史眼光。罗兰·巴特把自己的全部智慧和艺术灵气倾注到了批评上面。为批评家端出了美文的典范。他的一册《恋人絮语》，既是解构主义的经典，又可作为话剧登台亮相，那是怎样的一幅动人景观。借着曾经有过的文化热潮，我们似曾看到过这些哲人、艺术家的背影。并且我们也同时曾多少似真似假，抑或是“指鹿为马”地试图与语言学、符号学、神话—原型批评乃至生涩难懂的“耶鲁四人帮”等大师“会面”。生吞活剥的套用和班门弄斧的借鉴也许不足为道，但毕竟还显示了我们曾经有过的热情，盲目和轻信毕竟还有可爱的一面，在今天看来，也许还值得珍视。

然而批评是那样的脆弱，尤其在我们这里，她凋谢得迅速和消失得彻底简直就像她原本未曾存在过一样。在我们热衷于概念的界定和观点的校正的时候，曾经惊呼不要走火入魔，脱离实际，然而现在看来，这纯属杞人忧天，在所有被遗忘的事物中，莫过于理论了。现在也许可以说我们得到了平静，可以平心静气地说话了，然而这种平静的导源却使我们大都失去了说话的欲望。学术风气并未因不知所云的争论和故弄玄虚的解说的消失而

变得让人爽心悦目，批评带着幼稚的影子消失在艺术画布背后，仿佛是自生自灭地被逐出了艺术的家园。

所有的艺术形式都可以媚俗，批评也不例外，但或许只有批评无法在媚俗的同时获得人们暂时的尊崇和热爱。音乐的媚俗可以打发街头少女的无聊时光，美术的媚俗可以点缀世俗者们的窗棂墙壁，小说的媚俗可以让人们趋之若鹜，诗歌的媚俗可以让辞藻贫乏的人们填补有奖贺卡的空白。只有批评无法名利双收，鱼掌兼得。批评家如果不是深邃的哲学家，就是一个毫无掩饰的孩童，他一旦媚俗，即使是最浅薄的人也能识别出来。从严格意义上讲，批评只能在两种方式下生存，要么是，要么不是。一切昭然若视，想在哲学与媚俗之间寻找契合点，是徒劳的。

翻开我们不得不面对的众多印刷物，似乎还可以见到一点填补批评位置的文字，不痛不痒的借题发挥，强打精神的专题探讨，自造概念的伪品推销，纯属奖赏的作品评论，环顾左右的观点阐述，如此而已，大抵如是。批评作为一种对话，早已失去其本来功能。也有抡棍棒上场的，“大战风车”式的无人过问，追逐具体对象的又不时引起莫名其妙的官司。批评若要靠这些来显示自己的实力和存在是可怜可笑的，当然，我们说批评只会有两种生存方式，要么是，要么不是，这些文字原本就不是什么批评。

我们是否曾经拥有过批评？这不敢随意妄言，但至少我们曾经有过寻找批评的时代，略带盲目的执着寻找，总会为我们打开一条通向批评的道路，然而随着寻找热情的消失，连曾经有过的纷乱脚印也渐渐消失。这是批评作为哲学无言以对的悲哀，也是批评作为孩童无所归依的不幸。

怀念批评！

批评的市场分析

文学批评的消费者少得可怜，于是批评家们学会了“转产”，文化批评是文学批评家们旧有的“生产资料”，可以直接投入使用，新的“文化”产品又明显是具有更大市场竞争力的经济增长点。所以九十年代中国批评界的实情，是文化批评生产过剩，文学批评一再萎缩，几乎不能满足“人民群众”的基本需要。因为文化批评的“生产厂家”过去都是生产文学批评的“老企业”，所以他们从前的用户大都还在向他们“订货”，新的用户却是“英雄不问出处”，于是文化批评者们一下子在“国货精品”和“集贸市场”中都大出风头，文学批评销声匿迹，躲在众人的视线之外，徒有悲叹“下岗”的份儿。

文化批评的产品也有品种单一、相互雷同的毛病，就像VCD的生产厂家已经供大于求一样，文化批评里的生产项目也无非那么几种，包装不外乎“人文精神”“后现代”“道德批判”；内容也就是“边缘化”“文化霸权”“话语权”的争论与争夺。文学批评变成了无足轻重的小儿科，八十年代兴起的批评理论被搁置不问，对作家作品的评论或曰阐释已成为可怜可笑的行为。人们都在说批评的失语和批评的缺席，含义似乎在两方面，一方面是指在铺天盖地般的文化批评中，相当一部分文学批评从业者不能马上参与到其中，面对许多往日同行的高谈阔论只能做个旁观者，批评在总体上呈现出“失语”状态；另一方面则是仍然充任批评家角色的人们，面对九十年代的文学创作，一边是文学刊物

里新人纷至，另一边是中年作家长篇迭出，文集累累，批评好像有点跟不上趟，无法有效做出自己的判断，并对读者的选择产生影响，于是人们就有了“缺席”之叹。

由于“生产资料”并未彻底更换，制作“工艺”尚未革命，文化批评者们还经常借用文学现象为自己的宏论做有效论据。由于“生产规模”的扩大，文学现象已成为要素之一，无论是作家作品还是文学思潮，在文化批评家那里，同街头市景、明星走穴、卡拉 OK、时装表演属于同一层次，只是文化描述的背景和佐证之一，而不再拥有自己独立的分析可能。许多人就把这样的批评视为文学批评在九十年代的新动向，批评的声誉也因此大打折扣，因为它不能满足作家和读者对文学批评的基本要求。有人在这种风潮之下认为，文学本身就是一个空间狭小的天地，不屑之情溢于言表，而语言艺术无可替代的魅力因素，已经变得过时而不入流。

我并不认为批评家应当守身如玉，只能写作一种文章，金庸先生就既是通俗小说家又是政论家。但我们一定要划清楚自己的职业范围，不可将一切都混为一谈。面对作家作品，最基本的尊重和道德体现，是要把他们首先当作文学艺术来对待。要用艺术的眼光来对待自己的批评对象，如果用大而化之的文化批评掩盖自己在艺术感悟上的迟钝，对批评对象进行无原则的道德、文化褒贬，那也应当有自知之明，自己从事的并非是文学批评。对批评负有责任的人们，应当自觉从理论上来一次澄清，将批评的真伪当作批评的前提工作来认真做一回，如此，文学批评的前景就会大为改观。中国批评不得不经常面对一些最基本的问题，这也是它寻求出路不得不经历的。

批评的自我约束

已经不止一次，我体验到专业批评家的批评趣味正同普通读者的阅读趣味发生分离。有许多简单浅显的道理，一般的读者可以毫不隐讳地说出自己的看法，而在批评家那里，即使他真的那样认为了，也好像有一种心理约束，不愿意也不敢去说出，尤其是用自己的文章来表明态度。一种虚拟的“大是大非”的“原则”观念，让批评家失去批评的勇气，他们宁愿在四平八稳和高谈阔论里显示自己的专业能力。笔者有一次同一位办刊的朋友聊天，谈到给畅销杂志写传奇性的故事，未必是作家专长，他可能把我的话理解为是作家对这种以“真实”为基础和前提的写作不屑，所以发表了一通他自己对当下流行小说的一些看法。他认为，当下一些看似真实，甚至是以作者个人经历展示的小说，其实缺少基本的真实，并不能反映真实的社会生活，而且这些小说在艺术上也苍白无力，没有多少艺术性可言。在座的朋友都表示赞同。而我当下就冒出一个想法，我们的批评其实不是看不到文学的症结，而是他们的批评观念导致他们没有勇气说出最浅显的道理。批评于是失去了它的锋芒。

从报纸上读到一条消息，在一次高层次的中日女性文学座谈上，某著名作家对批评家把自己定位为“关注平民生活”的作家大为不满，她甚至由此引发了一通所有的批评对作家都是“扯淡”的言论，让在场的批评家大为不安。据说这位作家的观点还得到一位日本女作家的支持，这位女作家还“数字化”地指出，

"百分之九十八的日本批评家都是傻瓜"。批评的窘境看来远不是中国的问题。批评是一群"傻瓜"在"扯淡"，还有比这更让人觉得无聊的事吗？

文学不需要批评，这是一种扯淡的说法，但批评如何面对文学，却是批评家应当警觉的问题。就此作家来说，在"关注平民生活"这一点上，她的创作曾得到众多批评家的支持和评论，在她的创作进一步走向深入之后，批评家可能没有及时跟踪到她在题材和艺术手法上的变化，同样也没有明确指出像有些作品那样的过分"剧本化"和类型化的写作缺点，作家和批评家之间的距离被拉开了。在形成文学批评这种尴尬局面的原因中，批评家内部的相互约束或显或隐地存在着。对某些创作现象的批评会引发某些议论，似乎批评就是一种"立场"表态，在这种错综复杂的局面中，批评家们学会了自我保护，要把真实的想法和见解说出来，心理上也有种种复杂的障碍。批评就这样完成了一个自贬的过程。不少作家和他们的作品，正是通过批评家的集中"研讨"和"评论小辑"扩大影响，引起注意，等他们一旦快要被批评家写进"文学史"的时候，对批评的发难就从言谈中和文章里显现出来。如果对任何一种新起的文学现象，批评家能够采取独立的、不跟风的态度，冷静、客观地进行评说，这不但对作家的创作有真正的好处，也会对批评的有效性起到切实的作用。在批评家们正忙于讨论"全球化"问题的同时，我倒觉得，大家有必要坐下来好好反省一下自己，因为批评存在着自救与尊严的问题。

写好读后感

批评家林舟最近有一篇文章题为《批评就是读后感》，我不认为这是调侃。去年夏天，批评界的朋友们聚会北戴河，我十二岁的儿子随去，夜来无事，他拿起一位批评家送我的著作看了一会儿对我说："这位叔叔跟你的专业一样。"我很惊讶地问："什么专业？"，他答道："写读后感的。"第二天我在饭桌上讲了这个情节给大家听，引来批评家们的哄堂大笑。这笑声告诉我，批评家不是写读后感的，批评是专业研究，读后感是中学生和普通读者的事。这几乎是批评家的共识。

没想到，有批评家宣称自己是写读后感的。仔细想来，批评的功能主要的还就是写读后感，而且要写好读后感，并不那么容易。现在的问题是，好多批评家做不到写好"读后感"。写读后感的首要任务是"读"，而我们经常见到有作家和批评家自己谈到，某些批评家根本不读作品就敢于写批评文章。"后"则要求批评家真正把作品通读过了，而不是大概翻翻。在不少研讨会上，我听到有批评家坦陈道，由于时间或其他原因，自己并没有完整去读作品，只好随便说说。"感"则要求批评家对作品确实有感而发，不是所有作品都让人有感想要说，批评家必须去读许多进入不了自己批评视野的作品，才能从中挑选出有批评价值的作品来。通读了又有感想，这是批评的前提，而且你的感想要有综合别人感想的能力，要起到提升别人感想的作用。这时候，批评理论和批评家对文坛、文学思潮流变的认识和掌握以及他独特的审美观念，就起到了至关重要的作用。

批评家的阅读是职业式的，但在形式上和普通读者没有差别，谁都有权去写读后感，当一个人不是孤立地去谈一部作品，而是把它放到文坛动向的链条上考察其位置，在审美观念上提出自己的看法，甚至在文学史的意义上为作品定位的时候，他的读后感就是一种职业批评，而单纯的感性认识的记录，一般的鉴赏性的谈论，则是我们通常所认为的读后感。

批评就是读后感，这是对批评提出的基本要求。重要的是保证这些要素的完整真实，在此基础上达到职业化程度。

增强批评的有效性

越来越多的人对当下文学批评提出质疑，这种质疑最主要的还不是担心批评人才的缺失和批评话语的减少，问题的焦点更多地指向批评的诚信和力量的丧失。说到底，批评的有效性成为大家担忧的重点所在。

当代批评不缺少专业人才，在高校、社科研究界和文学界，专业的批评人才比起二十世纪八十年代更显人才济济，当代批评也不缺少话语机会，学报、媒体及各类专业性杂志，为批评家提供了足够的空间。然而这并没有使批评的地位得以巩固和提升，反而常常听到诟病之声。批评的有效性于是成为一个致命的问题。失效的批评被指责为以下几种：一、过度的吹捧只为吹捧对象独自受用，读者并不认账，而且这背后的动力常常与利益相关，“红包批评”“人情批评”腐蚀着批评的诚信。二、粗暴的酷评伤害着酷评对象的热情，批评家很难因此换来“说真话”的名誉，反而受累于简单粗暴的指责。三、媒体“炒作”下的批评尴尬。常常不是批评家，而是媒体制造一种热点现象，这些现象是文学又非文学，似有艺术的成分又与艺术无关，面对这样一些现象，批评家的确常常处于“失语”状态，集体的沉默既让人觉得是一种冷漠和麻木，但也不无对批评原则的坚守。四、批评的泛化淡化了批评的功能。今天的批评家已经不仅仅是文学的、艺术的批评家，他们常常关注更多的领域，谈论更广泛的话题。批评家对文学艺术的专注程度大大降低了，这让人怀疑批评家在职业精神上的诚信。

面对这样的困境，当代批评面临着环境建设和自身建设的双重任务。

有尊严的批评需要理解和支持的环境，批评家的劳动显然与市场相距最远，在文化产品与市场的关系越来越紧密的今天，批评的传统功能在弱化，批评要么因之失效，要么就被市场因素利用。批评的“权威感”很难确立，它的“实用性”却被强调。在文艺图书的封底或“腰封”上，批评家的只言片语赫然醒目地印在上面。在一篇访谈或专题报道里，批评家对一位作家或一部作品的“大话”被引用，我并不认为这完全是批评家责任感的丧失所致，这实在是批评被利用、引诱并被“豪取强夺”的结果，批评在强大的文化市场面前显得无奈而又无辜。就此而言，批评家还缺少专业的、纯粹的话语空间，批评家的劳动需要实质性的理解与支持。批评家要想不被文化市场左右和利用，他们的劳动需要得到真正的尊重和支持。这样的意识正在得到强化，加强文艺评论的要求和呼声，正是批评重塑形象的机会。

批评的自身建设是批评家的本职。批评家需要通过自身的努力，不断确立尊严、自信和力量。真正的批评是充满难点的批评，是自身不断反思的过程，是与批评对象对话和互动的过程。批评既是科学也是艺术。批评是一门科学，哲学背景、理论功底是批评家的必备课，批评家手中的笔应有“手术刀”的功能，能够理性地面对感性的艺术，条分缕析地对作家作品作缜密的分析。这种分析的过程，既要显示批评家独有的理论视野，还要将科学的公正性寓于其中，使批评成为一种令人信服、启人思智的活动。正如李健吾先生所说：“分析者，我是说要独具只眼，一直剔爬到作者和作品的灵魂的深处。”那种直抵灵魂深处的批评，那种科学分析能力的批评，才是真正有力量的批评。但同时，批评又是一门艺术。这是对批评家对艺术的感悟能力的考验，同时也要求批评家能用艺术的眼光、艺术的笔法面对艺术创造本身。批评应是寓严肃于有趣之中的活动。批评是严肃的，它常常要为作家艺术家的创作划定边界，和他们一起探讨得失，在讲原则的问题上，批评家不能动摇自己的意志。但批评又必须是一项有趣的劳动，批评不能刻板，更不应该板起面孔吓人。法官式的批评家是令人生厌的，审判式的批评不是批评的正途。批评是一种阐释，一次批评活动，就是批评家与作家的真诚对话，这场对话中，批评家和作家地位平等，各有优势，他们应当坦诚相见，成为艺术上的“诤友”。批评应在阐释、对话中确立尊严，“围炉夜话”是最高的批评境界。

具体到当下批评，我认为批评家最应做的事在于：

一、理论批评深化。新时期文学初中期，理论批评曾迎来一个热烈的时代，译介而来的各种批评理论被批评家热衷，批评家特别愿意把自己理解的批评理论化、系统化。无论如何，那是一种热烈的场景，批评家的知识和智慧令人羡慕。这种“理论热潮”现在严重弱化，没有理论武器的批评只能是散兵游勇式的冲动。而理论建设的热情需要得到切实的支持方可保持和推进。

二、作家作品的综合研究。面对今天如此众多的作家作品，批评家其实承担着从中“打捞”优秀者的任务。“批评即选择”这句旧话的确很有道理，我们并不缺少对某一部作品的单纯讨论和评价，也不缺少对某一类创作现象的“扫描”式的分析和综述。我们真正缺少的是批评家对有代表性的作家作品全方面的研究和深入的论述，这种论述既能总结出作家的优长，又能发现他的缺失，而这种优长和缺失正如一枚硬币的两面不可剥离，进而批评家发现作家的“矛盾”和难点，又进而指出艺术创作必然要面对的困境和解救之道。

三、批评风格的确立。既然批评是科学也是艺术，批评家要和作家进行坦诚的对话，批评家的个性风格同样十分重要。中外批评史上，著名的批评家都有着风格独异的特征。远的不说，从鲁迅到李健吾，从罗兰·巴特到苏珊·桑塔格，他们的批评风格令人心动，杰出的批评家常常也是优秀的作家。今天，我们要求批评家同时也成为作家显然是一种苛求，但批评家树立风格意识却是十分重要的。

对批评的理解因人各异，总体而言，强化批评的有效性是批评家们共同面对的责任。这是批评保持生命活力和影响力的必要前提

批评的两难

对一个具体的批评家而言，他经常会遇到一个非常困惑的问题，就是面对不同层次的作家，在批评标准上很难统一。这种不统一尽管经常是善意的和真诚的，但由于评价标准上的不清晰，往往给人造成“必有一假”的印象。

批评家的职业就是要追踪当下文学的潮流，在文坛或文学史的链条上为作家作品寻找定位。因此，批评职业的主旨，是要拿主流作家及其作品作为批评对象。为了确立批评的尊严，批评家对主流作家群的作品又时常会表现出审慎的赞赏，有时甚至是直面的批判。这一方面是出于职业需要，另一方面也是在预设了作家承受力的前提下进行的。而面对那些并不一定在主题上或艺术上成熟的业余作家的作品，我们就无法持同样的批评标准去评价他们了。那些默默无闻的作者和他们的作品，他们创作追求中的强烈的道德色彩、黑白分明的爱恨感情、创作者热爱艺术的纯粹，都让我们不可能持苛刻的标准去批评他们的作品。更何况他们常常正处在需要鼓励和扶持的关键时刻，我们便会以更多的宽容和鼓励性的批评话语来评述他们的创作。

这两种批评经常会在同一个批评家身上发生，如果处理不好，就会给人批评标准太不一致的感觉。处在两难中的批评家就需要寻找一种批评策略，从批评标准和批评目的上，把这两种不同的批评对象加以区分，以保证自己的批评既有敏锐的眼光、学理的深度，又能体现一种宽阔的视野、温暖的情怀。依我个人的体验，对主流作家，批评家应着眼于作家创作历程的变化，确立其在当下文坛的位置，有时甚至是在文学史的意义和价值上来加以评价。在此前提下，有保留的赞赏、冷静的分析甚至并无恶意的“酷评”都是合理的。对业余作家的创作，则应主要把它们看作是作者个人心性的表达，生活积累的反映。批评的要点应是作者感情表达的分寸、人物形象的丰富程度以及情节故事是否合理可信，依此从创作的角度提出意见，以期对作者今后的创作有所帮助，而不是站在文坛的背景下展开宏论，或借文学经典的高度做过于苛刻的结论。

其实，随着文学创作的多元化和作家队伍成分的日益多样，批评家经常要同各种各样的作家作品打交道，这样，确立一种既能够保持对主流文坛冷静剖析，又能够对大量业余创作保持关注热情的批评标准，就成为批评家需要认真处理的问题。这个问题虽然不是深奥的哲学问题，却时常会在批评过程中显露出来，值得批评家认真对待。

两种批评

自从网络深入人心，传统媒体受到了前所未有的冲击，批评，狭义地讲文学批评的局面改变最大。在网络批评出现之前，纸质传媒的批评家掌握着批评的话语权力，在批评界，一个伪问题一直是一个绕不开的话题，这就是讲真话和“骂派”批评的争论。专业批评家的“骂”以及这些“骂派批评”中的态度真伪，学术的和人为的背景，同样是争论中的一个有趣话题。当网络上言论成为一股强大的势力之后，传统批评家的地位受到根本动

摇。网络语言的自由和匿名特征，为“骂派”批评找到了最好的舞台。人们已经不太在意报刊上的骂声，网络上的极端语言是职业批评家无法比拟的。

“美女作家”是过去一年里的一个刺激性话题。职业批评家无论“赞美”还是不屑，都只在批评权力上显示出短暂的力量，真正给“美女作家”造成致命打击的，不是职业批评家的不满，甚至也不是权威部门的“封杀”，正是网络批评以强劲的、泥沙俱下的冲击，让“美女作家”失去了声誉和生机。打开各类文学网站，有如“大字报”一般的批评声浪，让这个世纪末的文学产物无地自容。这种冲击力是任何一个批评家都不敢想象的。批评的视线已经发生重大转移。

能和网络批评构成对峙的不是职业批评家的理论术语和专业风采，而是文坛中的名流身份。王朔骂人再损，也未必超得过网络批评，但王朔骂人仍有市场并吸引读者视线，因为王朔本人的特殊身份。他是一名在“受喜爱”程度和“作秀”方面都名列“十佳”的作家，是中国新兴的市民文学的代表作家，他的发言具有特别的代表性，所以王朔能以“无知者”的姿态进入批评家的行列。除了对新起的文学现象说三道四外，王朔还拿出了“重写文学史”的架势，在文坛的乱世迅速抢得一席之地。那些在研讨会上发言，以廉价的赞词换取微利的批评家，早已被读者晒了起来。

新世纪里的文学批评将继续在这样一种尴尬中生存。网络批评的最大缺陷在于，它是无名者的叫嚷，参与者的数量决定了它的话语力度，“群众运动”式的批评方式注定了它不可能产生“实名制”的批评家。它已快速瓦解了传统批评的权威地位，但要最终取代还有很多先天的障碍。两种批评的共存局面还会维持较长时间，二者最终能否合流或者任何一方取代另一方，形势都不明朗。但毫无疑问，网络批评的出现将使文学批评在队伍构成、话语策略等多方面产生重大变化。类似于“展望新世纪的文学批评”这样的常规话题，已经让职业批评家面临失语危机。

文学批评与文化批评

我们正面对着共同的难题，这个难题就是，文学批评自身的独立性究竟有多大，兴盛一时的文化批评在多大程度上等于文学批评。在廓清两个概念之间的区别和分界之前，先让我们从现象入手，看看文学批评如何走进了文化批评的圈地，渐渐消失了自己的身影；或者，文化批评如何覆盖了文学批评，使其成为无足轻重的旁枝末节。

九十年代的文学批评，事实上是一个更加缺少学术规范的时代，是一个批评渐渐远离文学自身的时代。八十年代活跃于文坛的批评家，在这一时期纷纷转向，把目光转向了更加庞大的目标，就文学而言，这是一个虚化了的目标。批评家们的注意力，被转移和分散到了更大的文化问题上。这些所谓的文化问题，是一些同当下社会潮流与精神趋向密切相关的话题。它们的背后，有一个意识形态的巨大背景，这个背景借着文化批评的争论不休日益走向前台，成为批评者在道德操守、学术理想上的分界地。文学批评队伍很快被划分成认同当下还是叛逆潮流两大阵营，这不是一种批评方法的分歧，不是对可操作的批评理论的争论与修正，它们无法互补，不可能达成共识，因为问题的着眼点直逼批

评者的社会理想与价值标准，谁都不会为了被说服而放弃自己。

这里就不能不提到在学术界引起轩然大波的“人文精神”讨论和“后现代”理论主张。因为两个“热点”中的人物，都曾在文学批评界活跃一时，所以他们新的理论旗号与学术主张，便自然而然地被看成是文学批评的一种新的走向。今天看来，首先应当讨论的是，这些学术主张在多大程度上属于文学批评。我以为，站在文学批评的角度看，二者都已在目标上偏离文学。不仅仅面对文学发言，是两种主张在分歧背后的共同点。由于对当下社会潮流的评价差异甚大，他们在面对同样的文化现象时，又得出完全不同甚至悖反的结论。愤世嫉俗与无可奈何，是“人文精神”学者们的发言基调，而乐观认同与积极参与，是“后现代”理论家对当下社会潮流的基本评价及自我态度。“抵抗投降”“清洁的精神”以及“多元化”“认同当下”，是两种截然相反的态度。对于知识分子社会位置的“边缘化”这个基本事实，在理论上被双方共同承认，但对于这种“边缘化”的认识却反差极大。“启蒙”和“反启蒙”，“崇高”和“躲避崇高”就成了双方不可能达成共识的焦点。九十年代的这场铺天盖地的理论纷争，已经抢眼到争夺“话语权”的程度，文学批评只能在夹缝中闪现身影，由八十年代开始的种种讨论，各种由西方引进的批评理论，早已成为明日黄花，还有谁愿意探讨这样的“劳什子”呢？文学批评在八十年代与九十年代之间的这种断层，是再明显不过了。

那么，具体的文学，作家及其作品，被放置到哪里去了？它们只是理论家们庞大体系里的小小旁证，是文化批评家们可以驾轻就熟的证据之一，无论正反，都不能逃脱被搁置边缘的命运。当文化批评需要证明世风日下、神经萎缩的悲哀时，王朔小说、

《废都》就被看成是这一时代精神的摹本；当另一种文化批评需要描述多元文化的构成时，这些文本又成为一个个值得称道的代表之作。与此相随，文坛“二张”要么是“抵抗投降”的空谷足音，要么就是“文化冒险”的虚假套路。总之，这些作家及其作品，只能是当下文化的标志性产品，而不可能得到文学的、艺术的充分阐释。他们同歌星、影星，同卡拉 OK、MTV 一起，被放置到了同一看台，喝彩与喝倒彩，吹捧与嘘声，是另外一个问题。

文学批评就是这样被文化批评取代，成为无足轻重的叨陪末客，对作家作品的具体阐释成为不入潮流和缺少思想锋芒的可怜行径。批评，仿佛只有同大是大非的命题相联系，才有可能避免“小家碧玉”的嫌疑，作家作品只有首先能被看作文化“标签”才有可能被划入视野。作为文化现象之一的文学，在文化批评观照下的文学文本，它们本应具有的丰富内涵，只能被部分抽取，而不可能得到全面阐释。不读作品即可批评，略知大概即可说三道四，就这样成为文学批评至今不绝的风气。作家们的口号与主张，他们的片言只语里流露出来的观念与思想，成为批评家们更加热衷的追逐对象和评头论足的根据。现在想来，无论“二王”还是“二张”，都是言语之争，缺少真正的学术内涵与思想素质，可以预言的是，这些如火如荼的争论，都将成为过眼烟云，不会产生长久影响。

文学批评的最终回归，还要有建立于科学规范之上的理论体系作为依托，这些理论在多大程度上开阔了批评的视野，又在什么地方显露出自身的不足，各种体系之间如何互补，那是批评家自己的“内部事务”。文学批评家应当把精力放到在吸纳古今的

同时，建立当代中国批评理论上来，并以科学的、求实的，同时也是艺术的文本阐释作为理论建树的实践，形成文学批评的良性循环。这是文学批评不做文学附庸、不被文化批评淹没的必经之途。这是批评的自尊，也是对文学的尊重。

评论与媒体：合谋还是分离?

把“文艺评论”与“媒体文艺传播”这两件事放到一起，就好像把两个见不得离不开的人搁到一间屋子，真说不清楚会出什么事，或者说，一定会有多种不同的效果。文艺评论，它的背景是文艺理论，上家是作家艺术家，下家是关心文艺的社会群族，包括除了欣赏还想知道动态，除了消遣还想追究深度的艺术作品受众；它的目的是不但要修正和拔高接受者的趣味，而且还要同文艺作品的创作者进行平起平坐的对话，甚至当他们的理论“导师”。媒体，特别是传播文艺的媒体，究其根是和我们的文化传统不相干的“舶来品”，它需要的不是锋芒，而是一种号得准大众文化脉搏的眼光，它更主要的是要以某种恰当的方式契合受众的趣味和需求，以达到“传播”的效果。

骨子里，这二者是不同的“族类”。文艺评论的传播半径并不大，它的厉害处是连创作者都得敬畏三分，因为类似于“深度”“个性”“经典”之类的词，只有评论家说出才有足够的分量。媒体的文艺传播则显然不属于此类，它试图寻求的就是和大众的结合点。从某种角度讲，媒体以及它传播文艺的方式，在文艺评论家那里有着截然不同的评价。有人欢呼，也有人视为洪水猛兽。它是扩大了文艺的功能、影响和生命力，还是将文艺的秩序、作用、纯粹性加以改变？不同的文艺评论，有不同的看法和观点。文艺评论有骨子里的清高，也有与时俱进的自身要求和大局观。媒体文艺传播，最重要的也许不是文艺，而与其传播紧密相关的“技术”。其包含着“技术含量”的传播，使文艺本身变成了一件必须有所依附的事情。电影、电视、互联网，这些工业化的传播让纸质媒体的权威受到严重威胁。特别是图书和期刊，剧院和舞台，这些传统的文艺传播载体变得情形尴尬，处境艰难。

不过，现实中的事实却另有情形，文艺评论和媒体的结合越来越紧密，二者经常合谋、合作，共同促成对某一文艺现象的推波助澜。“学术明星”在中国的出现，在一定程度上就迎合了这样一种组合的要求。其实在西方，学术与媒体的合作不乏成功案例，在中国，则的确需要一个接受的过程。欧美批评家似乎不大在意媒体对传统文学和艺术的冲击，罗兰·巴特、苏珊·桑塔格等人都对摄影、电影等艺术进行学理批评，大众文化也早已成为一个值得关注的学术问题。在不少美国高校的文学系，莎士比亚经典戏剧的学习逐渐让位于肥皂剧写作的教授。在中国，固守艺术经典和传播流行艺术看上去是两重世界。这与我们的文化传统有着很大关系。当然，传统的文学经典正在被改编成其他艺术形式得到传播。其不但是大众娱乐的项目，也是文艺评论家们争论的焦点。

总之，文艺评论和媒体文艺传播引发出的问题正在受到越来越多的关注，孰优孰劣不必争论，二者应当合谋还是分离，或者在何种情形下形成合谋，在何种情形下保持分离，以共同促成文学艺术多样丰富的局面。

批评如何才能不肉麻

一个小说家可以把故事写得肉麻，而是否肉麻，那还要看是什么样的读者来评价。《红楼梦》还有人觉得肉麻呢。但是批评家万不可肉麻，因为肉麻的批评文章大家一眼就能看出。即使是被评的作家，面对肉麻的批评也会脸红，而且会在其他场合里不点名地表示自己的不屑。就此而言，批评家是一个比小说家和诗人更苛刻的职业。只可惜，我们总是读到肉麻的批评。酷评家的气势已被打压下去，说好话是当下批评家共同认可的任务。在这种好话批评面前，主要的区分不外乎两种——肉麻的好话和不肉麻的好话。我近期读了两部女作家写“性”的长篇小说，我的感觉和许多批评家的感觉不同，我并不想厚非小说的基调，而是对随后读到的批评家的溢美之词保持怀疑。虹影的长篇小说《K》因为惹上了官司而名声大噪，但我读过后的感觉是，即使这部小说不能因此被诉，小说本身也没有多少值得大加追捧的地方。“林”和“程”即使不是凌叔华和陈西滢，作家也无疑借了历史上的某些真实的文化背景为自己平添了一种文化氛围。小说里的“房中术”言论更显然是一种借引来的拐杖，用以扶持自己的故事躯壳前行。抽去“历史文献”的引子和文言淫词的摘录，这部小说有什么微言大义呢？然而在批评家那里，“苦难”呀，“人性”呀，抬得很高。这种批评态度本身，就让人觉得是一种故意“捧杀”行为。

刚刚读过残雪的第一部长篇小说《五香街》，书前书后的广告语言情有可原，但我受批评家比之评价更高的推荐读了此部长篇以后，心中产生的仍然是怀疑。整部《五香街》，最引人眼目的也许不是别的，是里边的若干小标题，这些小标题有如小青年的恶作剧语言，想直接诱人进入一个想入非非的世界。但要我说，全部小说将读者引入的是一个虚无的世界。里边甚至没有什么“性描写”，所有的标题都指向性，其中却并没有性，这是作家和出版家共同达成的策略吗？但无论如何，这部小说失去了残雪八十年代中短篇小说带给我们的神秘、怪诞的感觉，徒有一些支离破碎的幻觉和泡影。残雪在长篇小说的创作方面，恐怕还有待于在艺术把握上再下心力。《五香街》并未给人多少新意，于是批评家们的褒赞非但没有引起我对小说更多更新的理解，反而让我们对小说和批评产生双重失望。

一个批评家，最基本的职业要领是批评标准和理论主张要相对统一。这种统一，不是说面对千人都只能露出一面，而是不可以自我矛盾。鲁迅先生不欣赏莎士比亚和泰戈尔，却对北欧文学以及殷夫、萧红等青年作家有褒奖，那是他在那个时代做出的批评选择。如果在一种场合下想为多“身体写作”充当代言人，另一种场合下，为了另一类型作家写评论，又美言此作家注重对现实生活的表现，“而不像某些以身体写作为目标的作家那样”如何如何，这种矛盾真的让人不可思议。

翻看时下的评论报章吧，“好话”批评已经是公开的、一致的选择，这并非是编辑和批评家事先可以合谋。究竟把好话送给谁？尽管这种选择还不是时时让人失望，但腔调如此一致，总不能让人产生敬意。

当个批评家其实很可怜，自己不赚钱，还得为别人的商业利益着想，代做宣传，写广告文章，混个吃喝就觉得自己很受人尊敬。这样的批评家，不做也罢。

别做自己的评论家

一个批评家可以写散文、随笔甚至小说，小说家自然也就有权写评论文章，没有什么角色一定是固定不变的，“作家批评”本来就是批评的一种。我这里想说的意思是，一个创作者在完成作品后，如果过多地对作品的主题内涵、艺术风格作学理式的阐释，不但会使批评家失去言说的兴趣，还会在作品实际呈现的内容与风格和创作者自己的表述之间形成互不对位，使批评者和读者对作品的理解落入混杂的境地。

早在大约十年前，我就注意到在当代诗歌界，诗人们一方面勤于创作，另一方面又纷纷发表诗歌宣言，把自己的诗歌主张、文学资源、艺术追求说到十足，强调到极致。同时，尽管当代诗歌在文化市场化的背景下不受追捧，但诗歌流派和“组合”却给人不断促生的印象。由于诗评家人力资源的限制，许多诗人的创作不能得到他们自认为的理论确认和批评，于是诗人们纷纷自己开始扮演诗评家的角色，对诗友、对自己的写作进行不无过度色彩的评说。于是我们看到，诗人和诗评家呈现出近亲繁殖和身份重叠的状况。这也许是一种无奈之举，但在一定程度上却遏止了当代诗歌可能受到的批评关注，形成一种在自我系统里封闭流转的局面。

近两年来，小说家的“自我批评”意识也在增强，特别是一些和媒体接触方便，或认为有发言资格的主流作家，往往会在他们的小说出版之后，急速进入自我阐释的行动中。接受太多的记者采访，撰写过长的自评文章，甚至还和媒体记者一起去搞新闻发布会，在电视镜头前侃侃而谈，俨然一副社会活动家的面孔。本来，一部小说出版之后，这件精神产品就已高度社会化，作者本人依然握着解释权不放本身就成问题。这里边有一个理论上的要点需要说明，即小说家本人的发言权与权威性问题。小说家本人当然也是作品的读者之一，他完全有权利对自己的作品进行评论。但创作者的特殊角色决定了他的发言有着特殊的效用，是否客观还在其次，首先他的言论有着先天的受关注的条件，作者的阐释往往会被确认为就是作品本身要表达和已拥有的内涵。这一点是无可回避的。正是基于此，小说家的“自我评价”就应当特别小心。从另一方面讲，作者本人对作品的看法绝不是小说最后的、权威的结论，作者也不可抱着这样的态度来谈“自己的”小说。

我注意到有的小说家以太过肯定和不容置疑的口吻谈自己的小说，不但透着态度客观的丧失，还暴露出对批评权限的认知缺乏。我还注意到，多数小说家在谈论自己小说时，对已有的批评成果和批评观点漠然对之，并不提及。他们更愿意尾随电影导演、演员以及书商们一起去推广自己的作品，以自身积累的“学术”身份去为并不学术的行为做宣传，为自己作品的发行量和改编效果沾沾自喜。我读出的是一种艺术上丧失沉潜与耐心，境界上有意无意向低取齐的浮躁。这种滔滔不绝的自我阐释，事实上与真正的批评无关，他们自己的结论更不可能成为批评家对其作品定位的标准、原则和尺度。批评家最主要的，还是从作家的自述中寻找创作者的心态痕迹，探究作者意图与作品实际呈现之间的差距。

小说家的职责和心思应在创作本身，而不是忙着去做自己的评论家。

电视文艺批评的生命力

中国电视文艺发展非常迅速，它的形态纷繁复杂，或者是现象，或者是作品，都有非常多的内容可以评说。这对电视文艺批评就提出了一些很高的独特的要求，加强电视文艺批评是一件非常必要也十分迫切的任务。中国电视文艺批评应从电视文艺本位出发，做一些切实的工作。

一、电视文艺批评应对电视文艺进行门类划分，并就其各自的艺术特点和欣赏特点进行定位分析。以电视剧为例，中国已发展成为全球第一电视剧生产大国，电视剧的创作，它的生产，它的制作，包括它的播出，已经形成了某种可以追寻的规律。这些规律既有电视剧美学的共有特征，但是也有制作播出等等方面的动态性变化，这些规律以及规律当中的这些变数，值得电视文艺批评去进行学理分析。

同时，对每年大量生产的电视剧，应该进行一些类别的划分。从题材类型、篇幅长度等方面，都可以从不同的角度来进行划分。就像从事文学批评的人，诗歌评论、小说评论、戏剧评论，其实各自都有自己的批评话语和批评理论，在一定程度上并不算同一个行当。我们应该意识到，即使做电视评论，其实面对的对象有时候也是完全不一样的，而目前我们统称之为电视文艺评论。如果进行有效划分之后，则可以为电视剧的优劣、高低，可以提供一种评价的标准。我们从事文艺评论，不光是面对一个作品，就事论事说好、说坏，而是说我们其实在这个过程当中应该为我们批评的对象建立一个评价标准。当我们笼而统之地说我们做电视剧评论的时候，其针对性有时候是模糊的。比如开过很多关于电视剧的研讨会，但是往往给人一种感觉，这些作品达到的美学高度是一样的。如果某部作品题材有优势，就重点讨论题材，如果类型上有优势，就讨论类型，或者说主题重大，就着重讲主题。一部反映当代农村题材的电视剧很可能拍得很差，我们就完全可以说现在这个电视剧都是什么婆婆妈妈，难得看见基层或者最广大农村的现实生活，大家就开始绕着这个话题来评说，这样就很难产生一个可以供大家参考的评价标准。其实，某一类型的作品应该拍成什么样，应该具有怎样的品格，才能既被专家接受，同时也能为观众所喜欢，这些方面还有很多探讨的余地。如果没有一个提供的标准，不太利于我们电视剧批评的整体的判断。

二、电视文艺批评应该扩大范围，为电视文艺的艺术品格提升，美学内涵的丰富，进而对观众的审美意识和欣赏水平的引领和提高提供必要的基石。目前，除了电视剧之外，其他电视文艺如综艺节目、晚会、演艺比赛，包括近期比较活跃的纪录片的制作播出，有很多内容值得电视文艺批评去关注和评论。如果我们的批评能够及时追踪，并且有效地评论这些作品，对中国电视文艺的整体发展会起到积极作用，而我们今天所说的电视文艺评论，基本就是针对电视剧的评论。

三、电视文艺批评还应该在展示平台上和它的对象产生对位。由于传统的影响，电视文艺是非常活跃的，但是我们的批评好像声音有点弱，一个很重要的原因是因为平台不对位。观众看

到的是电视，当他要看电视批评的时候，他必须得去找杂志，找报纸，这是两种不同的载体。也就是说，电视是很新鲜、很活跃的媒体，而你要找关于电视的批评的话，你必须到平面媒体上才能看到，这是不够的，影响了批评声音的及时传递。电视台应当把电视文艺批评更多地引入到自己的节目当中，使它成为电视节目中的一个重要组成部分，电视文艺批评才能够真正最大化地发挥效用。总之，平台的对位，也是一个非常必要提出的问题。

向文学批评致敬吧

人们都在诟病文学批评，说它这也不好，那也不对，说它“病了”都不够，非得说它“死了”才解气。可是环顾一望，也就文学批评还是成理论、成体系、有传统、分工细的批评领域，其他很多艺术领域的批评虽不乏优秀者，但无论从队伍数量、发表阵地、理论资源、对创作者和受众的影响力来说，似乎都还无法和文学批评相比。

都说文学是其他艺术之母，是它们的“头道工序”，那道理不言自明，很多影视剧、舞台剧中的“精品”，多有改编自文学作品者，而且不但是改编当代作家的优秀作品，历史上的经典文学作品也经常被改编一次甚至好几次。其实，文学批评又何尝不是如此，从新时期以来，文学批评从来都毫不吝啬地为其他艺术领域的批评提供最基本、最充足的理论资源。

文学批评有今天这样的格局，不单单是当代批评家的功劳，前人留给我们太多的资源和资本，“后人”多是“乘凉者”。不但是中国，即使在国外、在西方，说文艺理论，基本上是在说文学理论，很多艺术领域的理论大多从文学理论出发。由于电影、电视剧出现和发展的历史还远远不能和数千年的文学史相比，所以，客观上形成了以文学批评的标准进行影视评论的情形。很多人向电影和电视剧要主题、要思想、要深度，其实是文学带来的惯性所致。经常会看到这样的情形，影视批评向影视作品要求的，和观众看影视作品希望得到的，在心理基础、出发点、目的性上存在很大差异。批评家说它搞笑、“三俗”，观众却说图的就是一乐；批评家不以为然乃至深恶痛绝的，观众中的影响力却大得惊人。这其中有很多复杂的理论问题需要梳理，需要以影视自身的特点、标准而不是以文学的特点、标准完全对应地去要求。

同时，在创作与批评之间，所有的批评和文学一样，都是以纸质媒体为主要的言说阵地，电影院里没有批评，电视里少有批评，看电影、看电视的人需要读书读报读杂志，方能获得专家对影视作品的评论，这种错位也导致了影视批评与受众之间的隔阂与不对位。很多从事其他艺术领域批评的专家，也多是学文学出身的，从爱好文学、研究文学转而爱好电影、从事影评。这也造成影视批评的标准还拖带着浓重的文学批评的影子，这情形仍然是中外一理。法国的罗兰·巴特、美国的苏姗·桑塔格，都是电影领域的重要理论家和批评家，但他们首先是文学批评家，他们的学术准备、艺术学养包括他们的美学趣味，主要还是文学的。

在当代中国，文学并不是最活跃、最受世人热捧的领域。网络时代，读书已经在一定程度上成了“读书人”的事。由于悠久的历史所致，文学批评仍然是分工明晰、门类严整、专业理论齐备的领域。小说评论家、诗评家、戏剧文学评论家、报告文学评论家……各行其是，仿佛属于不同的群体。在当代中国，各个艺

术领域其实早已出现百花竞放的局面，但艺术批评还远没有进行如文学批评一样的划分。甚至很多领域，如音乐、曲艺等领域的批评，主要靠该领域创作者、表演者中的“名角”来评说。看看各种流行音乐比赛、相声比赛的“评委席”就知道，反复使用热烈的形容词进行现场评价还是该领域艺术批评的基本“术语”。

文学批评带着厚重的历史走到今天，这既是资源、资本，也是负担、压力。文学批评有许多古代、现代的令人尊敬的大师和前辈，这既是榜样、力量，也是某种挥之不去的焦虑。与中外文学批评伟大的历史相比，今天的中国批评的确显得不够提气、不能服人，无法发出震人心魄的声音，不能对作家的创作、对读者的欣赏产生根本性的、引导性的作用和触动。但文学批评仍然是所有批评队伍里最庞大的一支，每一年从中文系产生出来的硕士、博士，都是潜在的“文学批评家”。文学批评的发表阵地相对也是最多的，在全国各地，专业的文学批评期刊仍然保留有十多种。说真话、说专业的话，说与作家对话、与读者交流的话，说有理论、有见地又能够明白晓畅的话，是文学批评家的重要职责。而且，文学批评家应当看到，今天的文学和艺术，已经在更大程度、更多层面上发生更加复杂的交错与交融，很多艺术领域的创作非常活跃，它们的创作生产、表演制作、影响传播，有太多可以评说的地方，它们同当代文化思潮，同人们普遍的观念意识、审美趣味、生活方式发生更加直接和紧密的关联，迫切需要用批评的眼光去观察、发现、评说。这其中有很多是“薄弱环节”，甚至有的还是“空白地带”，文学批评家为何不能带着自己的学问去“角逐”一番呢？历史上、现实中，这样的成功事例可以举出不少。

文学批评是个庞然大物，是个庞大“家族”，现在，这个“四合院”、这个“家族”很难再那么严密、规整地继续下去了，墙外的世界五光十色，“家族”内部也充满了要求变革的声音。这种变革其实已经和正在发生。文学批评没有也不会死亡，它仍然是文艺理论最重要的“输出者”，仍然是文艺批评里最完整、最专业的领域。我们应当充满自信地向文学批评致敬。但同时，我们要记住，我们是在向历史、向伟大的文学批评家、经典的文学批评致敬，而我们自己，则要在被诟病的包围中，发出独特、真诚、专业的声音，以不辜负文学批评伟大的历史和完备的理论。

“大卖”之下的批评权利

从《泰囧》到《小时代》，中国电影遇到一个被一些人看作是“惊喜”，在另一些人看来是尴尬的现象：一些无意于“争霸”的电影，一些非专业人士“玩”出来的电影，在票房上却取得了令人咋舌的成功，收入达到天文数字，而一些专业电影导演苦心制作的“大片”，票房排名却被远远甩到后面。比这一现象更不可思议的是，专业电影评论家们对这种“大卖”影片提出的批评，受到很多电影追捧者的追骂、调侃和嘲讽。电影批评遇到的挑战从来没有像今天这么严峻。

票房的说服力似乎给电影批评贴上了封条，思想内涵、作品的价值观、电影艺术、技巧等等这些批评家们手里的武器，突然哑火，不再具有力量感，没人愿意听你唠叨。《泰囧》出来后，批评家们的发言还算是“一家之言”，在一定程度上可以起到

“冷静”“启示”作用，而面对《小时代》，所有这些发言都遭遇到不屑一顾的攻击。文艺作品所应具有的品质、价值观的传递、电影本身的艺术性，都成了多余话题。批评的失语，至此可谓达到最典型的地步。

“大卖”之下，批评有无权利，人们是否可以对作品本身提出批评，能否借此对文艺思潮或文化思潮进行批判，这在今天已经成为一个难点和问题。我们是否应当向文艺经典致敬，是否应当把今天的作品拿去和经典作品比较，人们对此已经变得犹豫。“正统”的声音失去了自信，一些本来是代代相传的观点和看法不值一提。比如，二十世纪八十年代，人们通过很多事例证明，任何创作在最高处都有“极致”性，这种极致性的一个标志，就是其不可改编性。米兰·昆德拉也多次表述这样的观点，即任何文学作品可以被改编成其他艺术，都是其美学上没有达到成熟的标志，完美的文学作品如果被改编，必然在品质上会产生疏漏和偏差。这是对文学经典神圣性和不可动摇性的强调。这样的理论在今天还能有市场吗？眼前的很多事例恰恰在反向上做出证明，影视是助力文学作品引起社会公众关注的重要渠道和途径，美学意义上的那些说法，早已被放到故纸堆里去了。坚守已经等同于守旧，分析不过是吊书袋，批评似乎就是一种迂腐。很多创作已经变成偶像与粉丝之间的互动，追捧是唯一表达敬意的方式，不容批评即是一种“捍卫”。面对这样的情形，批评家们似乎失去了往日的自信和定力，找不到说话的方法和分寸，只能以缄默表示自己的态度。

其实，不仅仅是文学和电影，在其他领域也是如此，在当前花样翻新、过剩推出的声乐选秀节目里，音乐批评的介入几乎等于零，不过是大腕、前辈歌手与选手之间的对话，夸张的赞辞、过度的表情以及肢体语言，变成了对各类表演的唯一评价。批评家的专业眼光，批评的有效介入，对创作和表演中出现的流俗与取媚，作品价值观出现的混乱和“反智”现象，批评家们能不能拿出足够有力的理论论述，有没有勇气仗义执言，有没有融艺术感悟与思想境界于一体的剖析，能不能率性而又艺术地表达，这涉及批评家的理论准备、批评勇气、批评能力、表达技巧等多方面。但首先应当强调的是，无论“大卖”到何种地步，批评永远具有天然的权利，批评的力量正体现在这样一种自信和坚持中，如果失去这样的信心，不相信批评会在各类尖叫与渲染中发挥独有的作用，那则是批评最大的悲哀。

评奖也是一种批评

如果评奖也是一种批评，那么获奖评语是不是也需有高下之分，也该指出不足，而非一味堆砌好词？现在，我们习惯看到，不管是什么奖、谁主办、什么范围，凡有评奖都有评语，评语大都是夸赞有加，而且尽量写得诗意抒情，找不到作品还有哪些不足的地方。也是，既然给了奖，就应让获奖者兴高采烈，充满感激，又怎么能用找出毛病的口吻，加上指出不足的文字送给对方呢？这用意充满善意，符合共同认定的“职业伦理”。

可是，艺术作品有优劣，优秀作品也自有其局限、缺点、不足、遗憾，不可能十全十美。评委在评奖中坚持好中选优，有时也难免感觉到优秀不够或不够优秀，而出于鼓励尽力选拔。那么，获奖评语能不能提一下作品尚还存在的不足呢？提了是不是就对

创作者造成不悦甚至伤害呢？我看未必，大家都需要适应。

我说这话，是因为近期参加一次活动受到启发。近日，我有机会到延边，参加一个朝鲜族青年文学奖颁奖活动。据知，此次评奖活动得到当地宣传部门支持，由州作协主办。评奖结果分大奖及金银铜奖四等。颁奖前，由评委会主任，一位当地大学的文学教授以报告形式对获奖作品进行点评。让我意外的是，这位教授对获奖作品点评时，重点讲述作品的优点，以给出获奖理由，但也不时指出获奖作品的局限、不足。比如对唯一获得大奖的作品，报告指出：虽然其中有些模仿痕迹，但达到了文学治愈人类痛苦的目的。对另一部获铜奖的作品，又在给出获奖理由后谈到，但因作品设定的社会空间模糊，缺乏逼真细节，所以只能授予铜奖。对其他一些作品，也时有类似结论。我虽无法从专业上判断其准确度，但这种严谨的、求实的、认真的，而且也是对青年文学人才负责任的态度，真是让我对如此作评略感意外的同时，产生了一种真切的感动。而且评委们似乎并不打算拿出权威架势不容辩驳。在报告的结尾，用较长的文字指出，对艺术作品的理解评价不一定能完全一致，中国古代文论有“诗无达诂”说，这同朝鲜族的俗语“黄瓜倒着吃也是食客的选择”是相近的意思，本次文学奖的评审也是这样。说得真好！

由于影视的发达，网络的出现，对文艺作品的数量，人们喜欢用“海量”来形容其多。如何让读者、观众、网友从这些海量的作品中选择可以观赏阅读的作品，文艺批评、文艺评选、文艺评奖都是手段和渠道。各种排行榜、收视率、点击率、畅销榜，各种机构的、个人的“榜单”排列，各种宣介会、分享会、发布会，无不成为社会公众的选择依据。但人们根据这些进入欣赏后，又常常会发出失望的声音，甚至对所有之前获得的推荐信息，在准确性、可信度、认知度上提出批评和不满。人们现在对文艺批评中的只说好不说坏，只讲优点不指缺点诟病很多，对各种“榜单”的数据造假深恶痛绝。文艺评奖的规范、严肃、公正，让文艺评奖成为公众文艺欣赏的重要选择渠道，也有许多需要提升的地方。改变获奖作品评语的文风，增加更科学更符合实际的元素，不回避获奖作品存在的缺陷与不足，也应是题中应有之义吧。

（以上一组文章是作者多年来关于文学批评的短论，多针对某一关于批评现象和问题。这些文章散见于《太原日报》《文艺报》《文学自由谈》《光明日报》《人民政协报》等报刊。）